JN000494

「ちょっと試してみようかな」

生活魔法使いの下剋上 3

月汰元

[Illustrator]
himesuz

[Illustrator]
himesuz

Contents

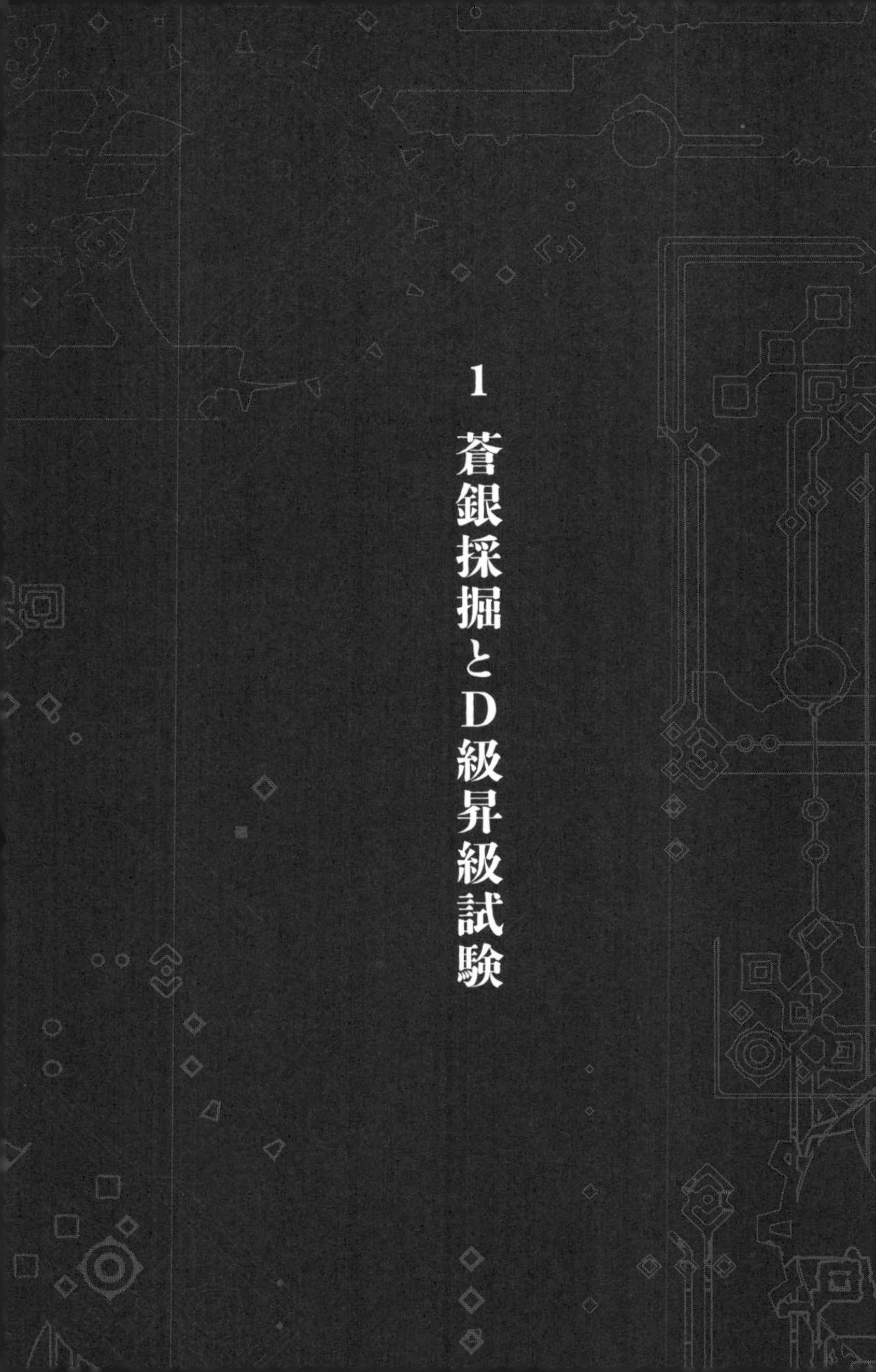

1　蒼銀採掘とD級昇級試験

水月ダンジョンの四層に現れた『宿無し』と呼ばれる魔物を倒した経緯が、週刊誌『渋紙ダンジョン』で記事となった。その事で注目を集めた俺は、生活魔法について話を聞きたいという冒険者と会う機会が増えた。増えたと言っても、週に一度ほどなので、そのうち居なくなるだろう。生活魔法がダンジョンで使えるという事実を認める人はまだまだ少ないのだ。

そんな時、革細工職人の広末から鞍が出来たという連絡が入ったので取りに行く。

「おう、ここだ」

工房の奥に居た広末が完成した鞍をチェックしている。

「試してみてくれ」

鞍を受け取って庭に出た俺は、『ウィング』を発動してD粒子ウィングを形成すると鞍を付ける。その鞍に跨り、シートベルトを付けてから少し飛んでみた。その様子をジッと広末が見ている。乗り心地は問題ないように思えた。

「大丈夫なようです」

「良かった。お嬢ちゃんたちの分は、弟子たちに作らせているから、もう少し待ってくれ」

「色々無理を聞いてもらって、ありがとうございます」

「中々面白い仕事だった。次はスティールリザードの革を使った防具に取り掛かる」

俺は代金を支払い鞍をマジックポーチに仕舞うと、水月ダンジョンへ行った。ダンジョンに潜った俺は、十三層の砂漠エリアへ向かう。D粒子ウィングに乗り、あの広い砂漠エリアを思い切り飛んでみようと思ったのだ。砂漠エリアに到着して『ウィング』を発動。Ｄ粒子ウィングに鞍を取り付けると、跨ってシートベルトを締める。両足を鐙（あぶみ）に乗せて踏ん張ると、飛び上がった。砂漠の中心に向かって飛行する。前進、後進、上昇、降下、右旋回（せんかい）、左旋回と自由自在に飛び回る。風が身体（からだ）に当たり爽快な気分になって楽しい。

時速三十キロほどで砂漠の上を飛んで、砂漠の中心まで到達。この下に十四層への階段があるはずなので、ついでに階段を探す事にした。魔力センサーを出して魔力を発しているものを探す。

「見付けた。あそこに階段がある」

簡単に魔法装置でもある階段を探し当てた。砂漠を歩いた時にはもの凄（すご）く大変だった事が、簡単な事に変わった。俺は階段を下りなかった。今日はＤ粒子ウィングを試すだけにするつもりなのだ。砂漠の上を飛びながら魔物を探す。三分ほどでプチサラマンダーを発見し、上空からクイントジャベリンを放って仕留めた。しばらく飛行を楽しんでいると、Ｄ粒子ウィングの速度が遅くなる。

「時間切れかな」

俺は着陸し、Ｄ粒子ウィングが時間切れで消えるのを観察した。もう一度『ウィング』を発動して鞍を付けてから飛び立つ。サンドウルフを発見し、その周囲を旋回しながらクイントサンダーアローを撃ち込んで仕留める。砂漠の上を飛び回って飛行技術を磨いた。急降下して魔物を攻撃する事もできるようだ。だが、急降下時に急激なG（ジー）が身体に掛かるので身体への負担が大きい。普通の狩りではやらない方が良いだろう。

　満足したので地上に戻る事にした。地上に戻ってダンジョンハウスでシャワーを浴びてから着替えた。装備をマジックポーチに入れ外に出ると、景色が真っ赤（まっか）に染まっていた。

「もう夕方か。砂漠で遊びすぎたかな」

　途中で牛丼屋（ぎゅうどんや）に寄って夕食を済ませてから、冒険者ギルドへ行く。魔石を換金してから帰ろうとした時、鉄心（てつしん）に捕まった。

「グリム、雷撃系の生活魔法を使っていたよな。おれにも教えてくれないか。頼む」

「鉄心さんたちは、十二層で活動中でしたよね。もしかして、宝物庫を狙っているんですか？」

「そうなんだ。おれたちも強力な武器が欲しいんだよ」

　鉄心は生活魔法の魔法レベルが『5』だそうだ。雷撃系となると『サンダーボウル』となるだろう。鉄心からは色々と情報をもらっているので、魔法陣をプレゼントした。

「いいのか。金は払うぞ」

「いいんですよ。色々教えてもらっているんですから」

「そう言うなら、ありがたくもらう。ところで、水月ダンジョンにソロ冒険者の峰月喜重郎（ほうげつきじゅうろう）

が来るらしいぞ」

ソロで活動している冒険者は珍しく、その中でもC級以上になっている者は週刊誌の中で一番売れている『週刊冒険者』でも特集を組むほどである。

「へぇー、何が目的で峰月さんは来るんです？」

「十九層にある蒼銀鉱床さ。あそこで採掘して蒼銀を手に入れるつもりのようだ」

蒼銀は魔道具の製作で必要とされる金属である。金よりも高価であり、これを採掘する専門の冒険者も居るくらいに需要がある。

「水月ダンジョンには、蒼銀専門のチームは居るんですか？」

「ああ、『月華団(げつかだん)』というC級冒険者チームが居るぞ。攻撃魔法使いが二人、魔装魔法使いが二人という、バランスのいいチームだ」

生活魔法使いが一人も居ないという時点でバランスが悪いと思うのだが、まあいい。

「その『月華団』は、面白くないいんじゃないですか？」

「まあな。だけど、蒼銀鉱床は『月華団』のものじゃねえからな」

蒼銀鉱床の場所は十九層なので、俺は行った事がない。鉄心は前のチームで行った事があるそうだ。鉄心チームを作る前に入っていたチームは、『空前絶後』である。四文字熟語をチーム名にする事が流行(はや)った時期があり、その時に作られたチームらしい。D級冒険者チームだったようだ。

受付の加藤が俺の名前を呼んだ。何だろう？

受付に行くと意外な依頼を受けた。峰月と一緒に十九層へ行って欲しいと言うのだ。峰月は十九層まで行けるだけの実力があり、鉱石から目的の金属だけを取り出せる生活魔法の『ピュア』を使える冒険者を探しているという。

「『ピュア』を使える冒険者は、多いんじゃないですか。なぜ俺なんです？」

「ええ、そうなんですが、ほとんどがチームに入っているので、断られました」

十九層へは行きたいと思っていた。峰月が連れて行ってくれるなら、俺としても好都合だ。

峰月が『ピュア』が使える冒険者を探していると聞いた翌日、俺は冒険者ギルドで峰月喜重郎と会った。

「ほう、若いな。君は攻撃魔法使いなのかね？」

「いえ、生活魔法使いです」

三十代らしい峰月は、俺の頭から足の先まで見てから、

「冗談だろ、生活魔法使いだって。私は十九層まで行ける実力のある冒険者に手伝って欲しいんだ」

と言う。俺は肩を竦める。

「榊緑夢です。今、十四層で活動しています」

「十四層……それが本当なら、実力はありそうだけど……」

うんざりするような展開だが、峰月が普段活動している地方では生活魔法の評価は変化していないのだろう。

「少し前にスティールリザードを倒しています。実力は問題ないと思いますけど」

「生活魔法使いが、どうやってスティールリザードを倒したのかね？」

「新しい生活魔法が、最近増えているんです」

「ふーん、ダンジョンに潜っている間に、世の中が変わったようだな」

「峰月さんは、水月ダンジョンへ潜った事があるんですか？」

「四年ほど前に、二十五層まで潜った経験がある」

という事は、二十層のオークキングの城を突破した事になる。この人はオークキングと戦ったのだろうか？

「凄いですね。オークキングと戦ったんですか？」

「いや、オークキングは倒された後で、まだリポップしていなかった。だが、オークジェネラルとオークナイトは居た。あの時は何匹のオークナイトを倒したか、数え切れないほどだ」

オークキングの城には、オークジェネラルも居るらしい。厄介(やっかい)な事だ。

「私は生活魔法で戦っている冒険者を見た事がない。信用しない訳ではないが、訓練場で生活魔法を披露(ひろう)してくれないか？」

「当然でしょうね」

俺はセブンスプッシュとセブンスジャベリンを見せた。それで峰月は納得したようだ。

「生活魔法が、これほど進歩していたとは思わなかった。報酬について相談しよう」

俺は成功報酬として、蒼銀の三割をもらう事に決めた。十四層以降で遭遇する手強い魔物は、峰月が始末するという。

「十四層の湖は、どうやって渡るんです？」

「船を用意してある」

冒険者用の小型船を建造して所有しているらしい。一流の冒険者とは装備に金を惜しまないようだ。ダンジョン内で野営する装備も必要だが、峰月が用意するという。


その翌々日、俺は食料と水だけを用意して、峰月と一緒に出発した。一層から十二層までは順調に進み、十三層の砂漠エリアとなった。俺は歩いていくのだろうと思っていたが、峰月が巾着袋型のマジックバッグから四輪バギーを取り出した。どう見ても二人乗り用ではない。無理に二人乗りするとなると、後ろから峰月に抱きついて座る事になるだろう。

「俺はどうするんです？」

「仕方ないだろう。後ろに……」

「お断りします。俺は自分で行きますから」

「まさか、砂漠を歩くのか？」

「生活魔法には、便利な魔法もあるんですよ」

俺は『ウィング』を発動して、D粒子ウィングを出した。峰月が驚いたような顔で見ている。

「それは？」

「生活魔法使いの移動手段です」

俺は鞍を付けて跨ると飛んだ。

『フライ』みたいな魔法とは違うようだな。魔力は大丈夫なのか？」

「生活魔法は、他の魔法より効率がいいんです。先に行って待っています」

俺は砂漠の中心へ行って、階段を探し峰月を待った。しばらくすると砂埃（すなぼこり）を撒（ま）き散（ち）らしながら、峰月のバギーが走ってくるのが見えた。やはり『ウィング』で正解だったと思う。峰月に抱き付くのも嫌だったが、砂塗（すなまみ）れになりそうなバギーも嫌だった。到着した峰月がマジックバッグにバギーを仕舞ってから、鎧（よろい）や服を叩（たた）く。それらから大量の砂埃が舞い上がった。

「だから、砂漠は嫌なんだ」

峰月が愚痴（ぐち）を零（こぼ）す。そして、俺に鋭い視線を向けた。

「そんな魔法があるなら、先に言ってくれ」

「そう言っても、あれは一人乗り用ですから」

「二人分の体重を支えられないのか？」

「峰月さんなら大丈夫だと思いますけど、鞍には一人しか座れません」

峰月が残念そうな顔になった。俺たちは魔法装置の階段を下りて、十四層に到達した。ここからは未知の領域だ。

「ここも、先程の魔法で渡ろうと思っていたのかね？」

「そうです。ボートも購入しようと思っていますけど、マーマンが槍で突くそうじゃないですか」

「ああ、安物のボートだと沈む事もある」

やっぱり安物はダメなのか。峰月がどういう船を持っているのか興味が湧いた。その船も巾着袋型マジックバッグから出てきた。そのマジックバッグは、相当な容量があるらしい。もしかしたら、ドラゴンを倒して手に入れた逸品なのかもしれない。マジックバッグから姿を現した小型船は、真っ黒な船体をしていた。

「これは、もしかして黒鉄製ですか？」

「よく分かったな。鋼鉄船よりも丈夫な黒鉄製の船だ」

俺が小型船に近寄ろうとした時、湖の底を巨大な何かが動いた。

「峰月さん、何かデカイ化け物が居ます」

それを聞いた峰月は、渋い顔になった。理由を聞くと、この湖には『主』と呼ばれる巨大なブラックゲーターが一匹棲み着いていたそうだ。

「普通のブラックゲーターは、五メートルほどだが、主は十メートルほどある大物だ。四年前に退治されたと聞いたが、もしかして復活したのか？」

峰月が湖を覗き込んだ。

「げっ、逃げろ！」

その叫びを聞いて、俺は階段へと逃げ込んだ。それを追うように巨大なワニが湖より現れ、階段の出口である数少ない陸地を這って来る。俺と峰月は、なんとか階段に逃げ込む事に成功した。主は俺たちを追って階段まで迫ったが、さすがに階段には入って来ない。

「危なかった」

俺がそう言うと、峰月が笑い出した。

「笑うような状況じゃない、と思いますけど」

「いや、逃げ出した時のグリムの顔を思い出した。滅茶苦茶引き攣っていたぞ」

「峰月さんだって、『げっ』とか言っていたじゃないですか」

「いや、あれを間近で見れば、変な声も出るさ。それよりどうするかな？」

「ここは、峰月さんの魔法で、ドドンと始末してください」

峰月を見ていると、ダンジョンを楽しんでいるように見える。まだまだ余裕があるからだろう。その実力を見せて欲しかった。

「そうだな。『デスショット』、いや『ソードフォース』にしよう」

『ソードフォース』は魔法レベルが『13』で習得できる攻撃魔法だ。俺も名前だけは知っているが、見た事はなかった。外に目を向けると、主は階段の外で待ち構えている。

峰月が右手を主に向かって突き出した。その手の先に一メートル半ほどの三日月形をした魔力の刃が生まれる。大量の魔力を注ぎ込んで生まれた魔力刃は、青白い光を放ち撃ち出された。一瞬で音速を超え衝撃波が生まれる。そして、主の胴体に命中すると真っ二つに切断した。

スティールリザードほどの頑丈さを持っているとは思えないが、巨大なブラックゲーターである主も、相当に頑丈そうな魔物だった。それを一撃で真っ二つにした。『ソードフォース』は『デスショット』の貫通力に匹敵する切断力を持っているようだ。

セブンスハイブレードと比べ、どちらが上だろう？　俺が主を仕留めようとしたなら、どうしただろう？　『ヒートシェル』は貫通力はあるが、巨体の主を仕留めるためには急所に命中させなくてはならない。階段から急所が狙えるか分からない。ならば、セブンスハイブレードか？　狭い階段では使えない。セブンスサンダーアローでなら、倒せるかもしれない。『ソードフォース』のように一撃では仕留められないかもしれないが、何発か撃ち込めば倒せそうだ。

階段の外に出ると、主が死んだ場所に黄魔石〈大〉が落ちていた。峰月が拾い上げマジックバッグに仕舞う。その横には巻物が落ちている。峰月は何か期待する顔で巻物を拾い上げて中を確かめる。

「……それはないだろ」

「どうかしたんですか？」

「『ソードフォース』で倒したのに、『ソードフォース』の魔法陣だった」

そんな事があるんだとちょっと驚いていると、峰月が俺に巻物を放り投げて寄越した。

「やるよ」

「……ありがとうございます」

俺には攻撃魔法の才能がないので覚えられない。未だに攻撃魔法の魔法レベルは『０』なのだ。これは諦めるしかないだろう。この巻物は由香里にでもプレゼントすれば良い。

小型船に乗って出発した。この小型船は五人乗りらしい。操縦する峰月を見ていると、一番近い島ではなく三番目の島に向かっているようだ。途中、船底からガッガッという音が聞こえた。マーマンが槍で船底を突いているのだ。この調子だと安物のボートなら沈んでいた。

「階段がある島は、ブラックゲーターの巣になっている。到着したら、すぐに攻撃を開始してくれ」

「分かりました」

島に近付くと、その様子が見えてきた。小さな島のそこら中にブラックゲーターが居る。上陸すれば、その全部が襲ってくるのだろうか？　峰月は問答無用で攻撃しろと言っていたから、攻撃してくるのだろう。俺は『センシングゾーン』と『オートシールド』を発動して、船が着岸するのを待った。着岸した瞬間、島に飛び移る。

ブラックゲーターが一斉に動き始めた。俺は黒意杖を構えて迎え討つ。近付いてくるブラックゲーターに、クワッドブレードを叩き込んだ。大きな口が突き出た頭にV字プレートが半分ほど食い込み暴れる。一撃で倒すには威力が足りなかったようだ。今度はクイントブレードを叩き込む。その一撃はブラックゲーターの頭を断ち割り仕留めた。

俺は全方位から近付いてくるブラックゲーターに、クイントブレードとクイントサンダーアローを放ち、仕留めていく。まるで、モグラ叩きのようにブラックゲーターを仕留める俺を、峰月が見ていた。

「何だ、あの速さは？」

峰月が驚いたように言った。それから峰月も参戦してブラックゲーターを駆逐する。最後の一匹を倒した俺は、大きく息を吸い込み緊張と一緒に吐き出した。

「この島で、かなりの魔力を消耗すると思っていたんだが、グリムの御蔭で温存できた」

「攻撃魔法には、多数の魔物を一度に殲滅するようなものはないんですか？」

「範囲魔法と呼ばれるような魔法の事か？」

「ええ」

「『フレアバースト』が範囲魔法と言えるだろう。だが、これは膨大な魔力を必要とするから、魔力の節約にはならんぞ」

攻撃魔法には範囲魔法もあるらしい。生活魔法で複数の魔物を倒す場合は、一ヶ所に纏めて

セブンスハイブレードを叩き込むというような方法しかない。とても範囲魔法とは呼べなかった。範囲魔法を創る必要があるのだろうか？　その前に生活に役立つ魔法も創るつもりだったのを思い出す。

俺たちはブラックゲーターが残した黄魔石〈中〉を拾い集めてから、階段へと向かった。島の中央にある階段を下りると、また草原エリアだった。但し、小さな森が点在しており、そこにはアーマーベアという強敵が居るらしい。アーマーベアは体長五メートルという巨大熊で、背中と腹の毛が鱗のような装甲に変わっている。スティールリザードの鱗は非常に頑丈なだけのものだったが、アーマーベアの鱗は魔法的な何かという事だ。

俺の黒鱗鎧から発生するD粒子スケイルが〈不可侵〉の特性を付加されているように、何かの特性が付加されているのではないだろうか？

アーマーベアの他にも、手強い魔物が存在する。草原にはレージスパイダーという凶暴な巨大蜘蛛が居るのだ。体長が一メートルほどで猛毒を持つ蜘蛛の魔物である。俺たちが草原を進み始めると、このレージスパイダーと遭遇するようになった。峰月は『バレット』の魔力弾により遠距離から狙撃して仕留めていく。毒を警戒して、遠距離で仕留める事にしたらしい。

「はあっ、攻撃魔法の射程の長さには勝てないな」

俺が呟くと、峰月が笑いながら尋ねた。

「生活魔法は、射程が短いのか？」

「残念ながらそうなんです。D粒子を使う関係で、遠距離になると制御が難しくなるんですよ」

「その代わりに、便利そうな魔法が多そうじゃないか」

峰月は『ウィング』の魔法が気に入ったようだ。確認してみると峰月には生活魔法の才能はないそうだ。『ピュア』が使える冒険者を探している時点で分かっていたが、D粒子を感じる超感覚である『D粒子センサー』が全く機能していないという。生活魔法を使うには『D粒子センサー』が必須なので、生活魔法を習得するのは諦めたらしい。

そんな事を話しながら草原を進み、階段のある森に到達した。ここにはアーマーベアが棲み着いているという。俺たちは慎重に森に足を踏み入れた。

峰月は頻繁に『マナウォッチ』を使い、魔力を放つ存在をチェックしているようだ。この『マナウォッチ』は消費する魔力が少ないので、よく使っているのだという。こういう点は見習わなければならない。

「アーマーベアを発見した。もうすぐ姿が見えるはずだ」

「逃げられないんですか?」

「無理だな。こちらに気付いている」

アーマーベアは俺たちを睨むと、凄まじい咆哮を発した。その咆哮で心臓がバクンと波打ち、肝が冷える。

「私が仕留める。グリムは後ろで見ていてくれ」

手強い魔物は峰月が仕留めるという約束だったので、俺は準備だけをして峰月を見守った。相手はスティールリザードには劣るが、それに次ぐ防御力を誇るアーマーベアだ。セブンスハイブレードか、セブンスヒートシェルでないと仕留められないだろう。俺はセブンスハイブレードの準備をして、アーマーベアの動きを観察した。この魔物の武器は鋭い爪と牙、そして恐ろしい怪力だ。

その怪力と爪の組み合わせは、凶悪な攻撃方法となる。アーマーベアが木の幹を爪で薙ぎ払うと、その木が引き裂かれ大きな音を立てて倒れた。それを見た峰月がニッと笑う。

「私を脅しているのか?」

峰月は迫ってくるアーマーベアを睨み、『デスショット』を放つタイミングを待つ。仕留められる魔法で確実に終わらせようと考えているのだ。

アーマーベアが猛烈な速さで駆け始める。峰月はアーマーベアの胸に向かって徹甲魔力弾を放った。徹甲魔力弾は狙った場所に命中。アーマーベアの鱗のような装甲が徹甲魔力弾を弾き返そうと力を発揮する。徹甲魔力弾に込められた魔力とアーマーベアの鱗に秘められた魔力がせめぎ合い、徹甲魔力弾のパワーが削られる。だが、せめぎ合いは徹甲魔力弾が勝利し、アーマーベアの鱗を貫き体内の臓器に襲い掛かる。徹甲魔力弾はアーマーベアの装甲を抉り心臓を破壊した。

「お見事です」

峰月が当然だという感じで頷いた。攻撃魔法使いの戦い方は遠い間合いで攻撃を受ける前に倒すというものだと思っていたが、確実に倒すために引きつけてから仕留める事もあるようだ。

魔石を拾った峰月が右手の方角に顔を向ける。

「こっちだ」

そう言って階段へと案内した。森の中にある一本の巨木の根元に階段があった。俺たちが十六層に下りると、そこは巨大な迷路だった。そこでデンジャーワームや虫型の魔物を倒しながら進み、十七層に到達。十七層は巨木の森で、遭遇する魔物は巨人だそうだ。

「ここの巨人とは戦わない」

峰月が意外な事を言った。

「戦わないで、通り抜けられるんですか？」

「『マナウォッチ』で、巨人を探知して避ける。ここのエリアで、巨人と戦ってはダメなんだ」

「どうしてです？」

「仲間を呼ぶからだ。巨人の集団と戦う事になる」

二人だけで巨人の集団と戦うのは、さすがに遠慮したい。俺は峰月に従い巨人を避けながら森の奥へと進んだ。だが、階段の前まで来ると、二匹の巨人が階段の前に座っているのを見付けた。

「はあっ、よくある事だけど、どうして階段を守るように居るんですかね？」

「たぶん、私たちみたいに、魔物を避けて通り抜けようとする者が、多いからじゃないか」

ダンジョンは、人間が戦う事を望んでいるのだろうか？　ダンジョンの存在理由や正体を研究している学者は多いが、それを突き止めた者は居ない。いつになったら分かるのだろう。

このエリアの巨人は、キュクロープスと呼ばれる一つ目の巨人である。身長は五メートルを超え、額の下にある独眼は瞳が赤かった。峰月が俺に視線を向ける。

「生活魔法でスティールリザードを倒したと言っていたな。あれを仕留められるか？」

キュクロープスは防御力が高く力が強い。それに加えて巨大な棍棒を振り回す。その棍棒の破壊力が半端なものではなく、D級の魔装魔法使いでも攻撃を食らうと死ぬかもしれないという。俺はセブンスプッシュを受け止めた剛田の事を思い出した。ああいう冒険者が棍棒の攻撃を受けて死ぬのだ。生活魔法使いなら、『オートシールド』を発動していても死ぬだろう。セブンスプッシュで棍棒の攻撃を跳ね返せるだろうか？　難しいかもしれない。

「ええ、仕留められると思います」

「だったら、一匹ずつを仕留めて、階段を下りよう。仲間が集まってくるまでに仕留めないとまずい事になるぞ」

黒意杖を握り締めた俺は頷いた。俺と峰月は左右に分かれて、別々の巨人を攻撃する事になった。俺は左の巨人に狙いを定めて、セブンスサンダーアローを放った。セブンスサンダーアローが巨人の肩に命中して落雷したかのような轟音(ごうおん)と火花を散らす。その一撃で仕留められなかった。急所である心臓や頭に命中しなかったからだ。早撃ちの課題はほとんどクリアしたので、この先の課題は命中率になるかもしれない。魔法は発動できるようになっただけでは、使い熟(こな)しているとは言えない。発動までの時間や命中率が課題となるのだ。

巨人が無事な方の手で棍棒を振り上げ、俺に向かって振る。俺は斜め後ろに跳びながらセブンスプッシュを棍棒に叩き込む。セブンスプッシュは棍棒の速度を遅くしたが、撥(は)ね返(かえ)す事はできなかった。

さすがに七重起動でも魔法レベルが『１』で習得できる生活魔法では限界なのだ。棍棒は背後にあった巨木に当たって止まった。その巨木を計算して後ろに跳んだのだから、当然である。俺は黒意杖を掲げ、セブンスハイブレードを巨人の首に叩き込む。斜めに入ったＶ字プレートの刃は、巨人の首を切断した。峰月の方を見ると、すでに巨人を始末していた。

「そちらも終わったようだな」

俺は肯定してから、赤魔石〈小〉を拾い上げる。周囲から巨人たちが集まってくる足音が聞こえてくる。

「急いで十八層に下りるぞ」

俺たちは階段を駆け下りた。

十八層は峡谷エリアだった。階段を下りた所は崖の上である、崖に造られた道を谷まで降りて十九層への階段を探す事になるらしい。

「問題は、崖に造られた道にムサネズミの巣が無数にあって、そこからムサネズミが飛び出し、冒険者を谷底に突き落とそうとする事だ」

この崖は羊ほどの大きさがある大ネズミの巨大マンションみたいなものらしい。巣穴から飛び出して体当りしたムサネズミにより、冒険者が何人も谷に落ちているという。

「冒険者が避けたら、ムサネズミは谷底に落ちる事になりますよね。そのムサネズミは自殺願望があるんですか？」

「いや、ムサネズミはムササビのような大ネズミという意味で、ムササビのように飛べるんだ」

嫌なネズミだ。そう思った俺はムサネズミの攻撃を躱す方法を思い付いた。だが、その方法を峰月は使えない。

「いい事を思い付いた。『ウィング』で飛べばいいんだ」

俺が考えた事を峰月も考えていたようだ。

「そうか、峰月さんは『フライ』で飛べばいいんですね？」

「いや、私も『ウィング』で飛ぶ」

峰月が何を言っているんだか分からなかったが、説明を聞いて分かった。D粒子ウィングにロープで作ったブランコのようなものを付け、それに峰月が乗って下りるというアイデアである。

「でも、途中でムサネズミが飛んで攻撃してきたら危ないですよ」

「そんな魔物は、私が撃ち落とす」

「素直に『フライ』で飛んだ方が良いような気がしますけど」

「『フライ』は魔力を大量に消費するから嫌いなんだ」

峰月は魔力の温存のために、アイデアを捻り出したらしい。まあ、落ちたら『フライ』で降下すればいいのだから大丈夫だろう。峰月は魔力を消費するという事を嫌っているようだ。ソロ冒険者としては、当たり前なのだろう。魔力が尽きた冒険者は無力なのだから。

俺たちはロープで即席のブランコを作り、D粒子ウィングに峰月をぶら下げて谷底に向けて飛んだ。峰月を見ると周囲を警戒している。その時、崖に開いているたくさんの穴の一つから、ムサネズミが飛び出して空中を滑空してくる。

「そのまま飛んでくれ」

そう言った峰月は、魔力弾を使いムサネズミを簡単に撃墜した。そんな事が三度ほどあったが、俺たちは無事に谷底に着地した。谷底にもムサネズミが居たが、足場がしっかりした場所のムサネズミは怖くない。俺たちは駆除して階段に辿り着いて下りた。俺たちは完全に無視したが、この崖には迷路のようなものがあり、そこには宝箱があるようだ。ちょっと興味を引くが、今回は無視である。

目的地である十九層に下りた。十九層は岩山と雪の世界だった。気温が零下となっており、俺はマジックポーチから、大きめのダウンジャケットを取り出して着る。峰月も高そうな防寒着を羽織った。

「ここで遭遇する魔物は、スノーレオパルトとホワイトボアだ。どちらも手強いというほどではないが、雪上での戦いを得意としているので、注意してくれ」

地面には雪が積もっており、歩き難い。蒼銀鉱床の場所は、歩いて三十分ほどだという。

「来たぞ」

峰月が警告の声を上げた。遠くから何かが走る気配が近付いてくる。その方向を見るとホワイトボアが見えた。体長二メートルの白い大猪である。雪を蹴立てて迫ってくる様子は迫力がある。俺はセブンスジャベリンを撃ち込んだ。その一撃で終わりだった。

「迫力があったのに……」

「猪系の魔物は、こんなものだ。用心しなきゃならないのは、スノーレオパルトの方だ」

俺たちが歩き疲れた頃、鉱床に到着。だが、もう夜の九時を過ぎていた。ここで野営して明日から採掘する事にする。峰月が大型の白いテントを出して張った。魔物の革で作られた丈夫なものだという。もちろんストーブ付きだ。

俺はストーブを使ってお湯を沸かし始めた。夕食の準備である。作るのはカップ麺だ。マジックポーチには大量のオニギリがあるので、オニギリと一緒に食べるつもりである。オニギリとカップ麺。侘しい食事だが、ダンジョンでの食事だから仕方ない。ちなみに、マジックポーチにオニギリを保存しておけば、三日くらいは大丈夫なはずなので、大量のオニギリを買ってきている。峰月が魔道具らしいものを取り出し、テントの外に設置した。

「何ですか、それは？」

「魔物探知装置だ。魔物が近付いた時に、警報音を鳴らす」

ソロ冒険者には必須の魔道具だった。俺も欲しいが、値段を聞いて溜息が漏れる。一個が三千万円ほどで、二個は必要だという。テントの中で、俺たちは夕食を食べて眠った。

六時間ほど眠ったが、眠りが浅くスッキリした目覚めではない。それから採掘が始まる。岩山の一角に銀色に輝く鉱脈があり、そこを掘る。俺たちは魔法など使わずに人力で掘った。俺は『ピュア』を使うための魔力を温存するためだが、峰月は魔物の出現に備えて温存しているらしい。

掘り出した鉱石から『ピュア』で蒼銀の粒を取り出し始める。峰月は六キロほど必要だという事なので、俺の分を合わせると九キロほどを採取しなければならない。

九キロの蒼銀を採取するために、一日半が必要だった。必要な分を手に入れた俺たちがテントに戻ろうとした時、スノーレオパルトと遭遇した。虎ほどの体格をした白い豹だ。足音を立てずに雪の中を近付いてくるスノーレオパルトは、確認するのが難しい。俺は『センシングゾーン』と『オートシールド』を発動する。

峰月が魔力弾を放ったが、魔力を感じる能力を持っているらしく避けた。俺もクワッドジャベリンを放ったが、簡単に避けられた。素早い。

スノーレオパルトは俺を獲物に選んだようだ。俺に飛び掛かってきたスノーレオパルトは、『オートシールド』のD粒子シールドに阻まれて無防備な姿を晒す。そこを黒意杖の『細剣突き』によって仕留めた。細剣突きは、黒意杖を黒細剣へ変化させる事でパイルバンカーのような突きを放つ技である。

「ほう、そいつは魔導装備だったのか」

「ええ、生活魔法使いにしか扱えない魔導装備ですけどね」

俺たちはテントを片付け、十八層に戻った。十九層は寒すぎて休憩する気にならなかったのだ。十八層の崖の上へ、また『ウィング』で飛んだ。そこで一泊した後、地上へ戻った。俺は峰月との探索でたくさんのものを学んだ。この仕事を引き受けて良かったと思う。

天音（あまね）は寮を出て実家のある隣町に向かっていた。天音の父親は冒険者ギルドの職員である。母親も冒険者ギルドで働いていたらしい。家に帰ると、母親の静恵（しずえ）が夕食の準備をしていた。

「ただいま」

「遅かったのね。もう少し早く帰ってくると思っていたのに」

母親の声を聞いた天音はホッとした表情を浮かべる。

「午前中はダンジョンに潜って、三年生の訓練を手伝っていたの」

そういうと母親が笑った。

「大丈夫なの？　二年生の天音が三年生の手伝いなんて」

「生活魔法に関しては、私が先輩なの」

母親が納得できないという顔をする。

「天音は付与魔法使いなんでしょ。生活魔法もいいけど、付与魔法も勉強しているんでしょうね」

それを聞いて、目を逸（そ）らす天音。

「将来どうするつもりなの？」

「生活魔法使いの冒険者になるつもり」

それを聞いた母親が溜息を漏らす。

「生活魔法使いの先生の影響らしいけど、大学には行ってね」

「約束だから大学には行くけど、冒険者になるのは決定だから」

「母さんも冒険者ギルドで働いていたから、知っているのよ。冒険者だけで食べていけるのは、一握りの才能がある者だけよ」

天音は苦笑いした。

「娘を信用してよ。そうだ、あたしの預金通帳を見てよ」

天音はリュックから、預金通帳を取り出して、テーブルに置いた。

「そんなの見なくても、信用してますよ。それより着替えてきなさい」

そう言われた天音は、自分の部屋に向かった。静恵はテーブルに残された預金通帳を手に取った。そして、残高を確かめる。

「千二百万円と少しですって……冗談でしょ」

ちょっと目眩がした静恵は、天音の父親である弘樹と話し合わなければ、と考えた。その夜、こんな大金をどうして持っているのか、天音は詳しく説明を求められた。一応ダンジョンで稼いだものだという事は納得してくれたが、生活魔法については懐疑的だ。


翌日、天音は父親の弘樹と一緒に冒険者ギルドへ行く。

「天音ちゃんじゃないか。久しぶりだな」

この冒険者ギルドの支部長である草加は、幼い頃からの顔馴染みである。

「草加支部長、お久しぶりです」

「今日はどうしたんだ？」

「娘が習っている生活魔法を、見たいと思って」

「そうか、訓練場を借りたいんだな。いいぞ、誰も使っていなかったから」

天音は父親と一緒に訓練場へ向かった。なぜか支部長も付いて来る。この町にはダンジョンが一つだけしかない。それも二十一層までしかない中級ダンジョンだ。そのせいで町に居る冒険者は少なく、必然的に冒険者ギルドは暇である。暇潰し（ひまつぶ）に見物しようという事だろう。

「それじゃあ、どんな生活魔法を見たい？」

娘に質問されて、弘樹は考えた。

「だったら、基本的な魔法を見せてくれ」

「分かった。それじゃあ『プッシュ』ね」

それを聞いた弘樹と支部長は笑った。『プッシュ』がどれほどしょぼい魔法か知っていたからだ。天音は訓練場の中央に、大きな丸太が立っているのに気付いていた。昇級試験でハズレの課題と言われる『丸太倒し』を、この支部でもやっているらしい。

「あの丸太を標的にしていいですか？」

天音が支部長に確認した。

「いいぞ。全力で魔法をぶつけてやれ」

頷いた天音は、丸太に近付くと掌打(しょうだ)を叩き込むかのように突き出す。それと同時にセブンスプッシュを放った。ドゴッという音がして、大きく丸太が揺れる。天音が振り返ると、口を開けたまま驚いている父親と支部長の姿があった。『プッシュ』だというから、ペチッと音がして、丸太は微動だにしないと予想していたらしい。

「……天音、これは『プッシュ』じゃないだろ？」

「ちゃんとした『プッシュ』だよ。但し、七重起動したセブンスプッシュだけど」

天音は溜息を吐いてから、多重起動について説明する羽目(はめ)になった。その説明が終わった頃、職員の一人が慌てて訓練場に飛び込んできた。

「支部長、大変です。『金剛夜叉(こんごうやしゃ)』の柿本(かきもと)が、五層の谷底に落ちたそうです」

「何だと……冒険者を集めろ」

五層というのは、この町にある風華(ふうか)ダンジョンの五層らしい。『金剛夜叉』は五層の山岳地帯でマウントウルフの群れに襲われ、戦っている最中に仲間の一人が谷に転げ落ちたようだ。そこの谷は斜面になっており、運が良ければ死んでいないという。

「あれっ、父さんも行くの？」

父親が鎧を身に付けたので、天音が尋ねた。

「ここは冒険者が少ないからな。五層くらいだったら、職員が行く事もあるんだ」

弘樹はＦ級の冒険者だった事もあるらしい。天音も一緒に行く事にした。

「天音は装備を持っていないだろう」

「ギルドにある装備を貸して」

「しかしな……」

弘樹がためらっていると、草加支部長が天音が一緒に行く事を許可した。

「あの生活魔法を見ただろ。職員の誰よりも強そうだぞ」

時間が早かった事もあって、冒険者はほとんど集まらなかった。それで救出を職員中心で行う事になった。ギルドの職員は、元冒険者という者が多いので、そういう者を中心に集めるらしい。『金剛夜叉』はダンジョン内で一泊し、戻って来る途中だったようだ。天音は革鎧と戦棍を借り、職員たちと一緒に風華ダンジョンへ向かった。


風華ダンジョンに入り、一層と二層はゴブリンやアタックボアだったので、職員たちが倒した。三層に下りると広々とした草原が広がっているのが目に入る。その草原で、救出チームは二十匹ほどのオークの群れと遭遇。それを見た支部長と父親の顔が強張った。救出チームは天音を入れても五人。二十匹のオークは多すぎると、支部長たちは判断したのだ。

草加支部長が天音に目を向けた。

「天音ちゃん、我々がオークを防いでいる間に、逃げるんだ」

コテツと天音が首を傾げる。父親もそうだが、支部長もＦ級冒険者だったと聞いている。自分と同じだったはずなのに、オークが二十匹程度で騒ぎすぎだ。これは認識の違いだった。天音はグリムに鍛えられた事で、少なくともE級冒険者並みの実力があるのだ。それを天音は自覚していない。そして、支部長たちは天音の実力を知らなかった。

「よく分からないけど、オークを倒してから説明して」

　天音はクワッドジャベリンを三連続でオークの群れに投げ込んだ。三匹のオークが倒れた。その後、『センシングゾーン』と『オートシールド』を発動する。支部長たちは一瞬で三匹のオークを倒した事に驚いていた。天音が前に進み出る。

「天音、危ないから下がっていなさい」

　父親が天音を止めた。

「これくらいなら大丈夫。後ろで見ていて」

　襲ってきた二匹のオークに対して戦棍を横に薙ぎ払うように振る動作を引き金としてクワッドブレードを発動する。その二匹のオークは胴体を斬り裂かれて死んだ。その直後、左から飛び込んできたオークに掌打プッシュを叩き込む。その隙に後ろへ回り込んだオークの動きをD粒子の動きで感じ取った天音は、クワッドアローを放つ。

　次の瞬間、正面からオークが飛び込んできて棍棒を振り下ろす。天音は敢えて防御しなかった。D粒子シールドが自動的に棍棒を受け止めたからだ。棍棒を振り下ろしたオークをクワッドブレードで袈裟懸けに斬り捨てた。教えられた通り身体が動き、魔法が放てる。いつしか天音の顔に笑みが浮かんでいた。

　支部長は弘樹に尋ねた。

「天音ちゃんが笑いながら戦っているぞ。どうなっているんだ？」

「そんな事を聞かれても……天音がオークの群れ程度じゃビクともしないほど強くなったと言うしか……」

「そうみたいだな。でも、天音ちゃんは付与魔法使いだったはずだが？」

「今は、生活魔法使いだそうです」

　オークの数が半分に減っていた。不安になったオークは一ヶ所に固まって、一斉に襲い掛かろうとする。天音はフッと笑い、オークの集団にクイントハイブレードを叩き込んだ。高速で振り抜かれたクイントハイブレードが、一度に六匹のオークを真っ二つにする。それを見た支部長は顔を引きつらせる。

「凄まじいな」

「支部長、全部を天音に任すつもりですか」

　弘樹が支部長に鋭い声を上げた。

「そうだった。天音ちゃん、もういいぞ。後は、俺たちが片付ける」

　残り少なくなったオークたちに、支部長たちが襲い掛かった。天音は後ろに下がって、支部長たちの戦いを見ていた。支部長と父親は魔装魔法使いだったようで『パワーアーマー』の魔法を使っている。冒険者を辞めてから十年以上も経過しているので、現役の頃のような戦い方は無理なようだ。だが、さすがにオークを一匹ずつならば問題なく倒せるらしい。オークが全滅すると支部長たちが魔石を拾って戻って来た。

「天音、ありがとう」

父親に感謝されて、天音は照れくさいような顔をする。

「しかし、いつの間に、そんなに強くなったんだ。やっぱりジービック魔法学院は、凄いんだな」

支部長が感心したように言う。天音は訂正する必要があると感じた。

「学院が凄いんじゃないの。あたしが生活魔法を習ったグリム先生が凄いのよ」

「へえー、生活魔法使いの先生か。一度会ってみたいものだ」

天音たちは三層の階段まで行くと、そこを下りた。四層は中央を大きな川が流れている。その川の両側は草木が生い茂る林になっていた。

「支部長、この四層には、どんな魔物が居るんです？」

天音が質問すると、支部長が教えてくれる。

「ここには、リザードマンとリザードソルジャーが居る。天音ちゃんの実力だったら、問題ないだろう」

「だったら、最短距離で行く事にしませんか」

「分かった。途中で魔物に遭遇する機会は多くなるかもしれんが、そうしよう」

リザードマンは支部長たちに任せ、天音はリザードソルジャーと遭遇した時だけ戦い四層を攻略した。五層に下りた天音たちは、山の中腹に掘られたトンネルから外に出た。山の峰(みね)に沿って造られている道が奥へと伸びている。その道を通って先へと向かう。

「そう言えば、転げ落ちた冒険者の仲間は、どうしたんですか？」

天音が気になった事を尋ねた。

「全員が怪我(けが)をしていたので、探索を終えて帰る途中だったので、病院へ送った」

『金剛夜叉』チームは、探索を終えて帰る途中だったので、魔力が少なくなっていたらしい。そこにマウントウルフの群れが襲い掛かり、撃退できずにメンバーの一人が谷へ落ちたようだ。魔力さえ十分に残っていれば、マウントウルフの群れを撃退できるだけの実力があるチームだったという。冒険者が落ちたと報せのあった場所まで近付いた。前方に目を向けた天音は、マウントウルフがうろうろしているのに気付いた。

「チッ、まだマウントウルフも居るじゃないか」

職員の一人が愚痴るように言う。

「だが、残っているマウントウルフは、五匹ほどだ。我々で始末できる」

マウントウルフが天音たちに気付き、駆け寄って来た。天音は得意のクワッドジャベリンの連射で三匹を倒し、後を支部長たちに頼んだ。マウントウルフが駆逐され、冒険者が滑落した場所に到着。下を見ると、谷底に冒険者が倒れている。

「生きているのか？」

支部長が上から確かめようと目を凝らしたが、分からなかったようだ。

「あたしが下に行って、確認してきます」

天音が提案する。

「いや、ここは父さんが行こう。天音だと柿本を担いで戻ってこられないだろう」

天音にも柿本を持ち上げるだけの力を持った者が、下へ行く必要があると分かっていた。

「それじゃあ、二人で下りようよ。生活魔法に使える魔法があるの」

支部長や父親の弘樹は、理解できず首を傾げた。

「ロープは持って来たんだよね？」

「もちろんだ」

支部長が答えたので、天音はグリムから聞いた方法を試す事にした。『ウィング』の魔法を発動する。赤く輝くサーフボードのようなものが出てきたので、支部長たちが驚いた。天音は説明してロープでブランコのようなものを作り、Ｄ粒子ウィングに縛り付ける。Ｄ粒子ウィングに天音が座り、少し浮き上がらせた。

「天音ちゃん、それって自由自在に飛べるのか？」

支部長の質問に天音は頷き、父親をブランコに乗せると、谷底へとゆっくり飛んだ。鞍を持ってきていないので、落ちないように慎重に飛ぶ。下に到着すると、父親の顔が青褪めていた。

「お父さん、大丈夫？」

「お、おう、大丈夫だ。柿本は……」

柿本は生きていた。だが、かなりの重傷だ。そこでD粒子ウィングの上に柿本を載せてロープで固定すると、そのまま上に飛ばす。支部長たちの声の誘導で支部長のところまで運んだ。

その後、天音たちも戻って来た。

「天音ちゃん、よくやった。生活魔法は凄いな」

「そうでしょ。なのに、生活魔法の評価が低いの」

「そうだな。我々も認識を改めなきゃならんな」

天音の活躍で、この町における生活魔法の評価が高まった。助けた柿本は病院に搬送され、全治三ヶ月という診断を受けたようだ。


実家で三日ほどゆっくりした天音は学院に戻った。アリサたちと一緒に飛行訓練をする事になっているのだ。寮の部屋に入ると、由香里が勉強していた。

「お帰り」「ただいま」

「鞍と鎧が完成しているよ」

由香里が工房から完成した鞍と革鎧を持ち帰っていた。銀色だったスティールリザードの革は、渋い飴色になっていた。銀色だと目立つので、この色にしてくれと頼んだのである。

「天音、家族とゆっくりできたの？」

由香里が尋ねた。

「もちろんよ。お母さんの料理をたらふく食べてきたよ。由香里は実家に帰らなかったの？」

クラスメイトの顔が曇った。

「両親とも忙しいから、帰っても誰も居ないのよ」

由香里の両親は医者らしい。

翌日、天音、アリサ、千佳、由香里の四人が揃って水月ダンジョンの前に集合した。

「おはよう、皆早いな」

「グリム先生、おはようございます」

俺が挨拶すると、四人が一斉に挨拶を返した。

「皆、その革鎧はどうだ？」

「さすが名人が作ったものですね。身体にぴったりです」

アリサを含めた皆が、満足しているようだ。ちなみに、俺の頼んだ脛当ても満足のいくものだった。

「今日は、十三層の砂漠エリアへ行って、飛行訓練をする」

俺たちは最短ルートで十二層まで行った。そこで偶然に鉄心チームと会う。

「おっ、グリムたちじゃねえか。どこに行くんだ？」

「砂漠エリアですよ。鉄心さんは、まだ宝物庫探しですか？」

「ああ、中々見付からねえんだ。グリムの時は、宝物庫への入り口は、どこにあったんだ？」

「四階の物置みたいな部屋に隠し階段がありましたけど、支部長から毎回入り口が変わると聞きましたよ」

「そうなんだよな。しかし、参考にはなった。ありがとう」

俺たちは鉄心たちと別れて、十三層の砂漠エリアへ向かった。

「グリム先生、私たちも宝物庫に挑戦しませんか？」

アリサが提案した。

「でも、俺は一度ソロで宝物庫に入っているぞ」

「二度入ったら、ダメという決まりがあるんですか？」

「いや、ないけど……入り口を見付けるのが難しくなるという、噂を聞いた」

「試すだけならいいじゃないですか？」

「まあ、そうだな。だけど、鉄心チームが宝物庫を見付けるか、諦めるまで待とう。横取りするようで悪いからな」

「そうですね」

そんな話をしながら階段を下りた俺たちは、砂漠エリアに到着した。『ウィング』を発動したアリサたちが、慣れない手付きで鞍を取り付ける。天音と由香里は二人乗り用だ。二時間も練習すると、アリサたちは自由自在に乗りこなせるようになった。二人乗りをしている天音のD粒子ウィングは、使用時間が少し短いようだが、大した違いではなかった。

俺もD粒子ウィングに跨って魔物を狩った。この砂漠に棲息(せいそく)する魔物は、サンドウルフとプチサラマンダーである。サンドウルフは近付かなければ大丈夫だ。だが、プチサラマンダーは口から炎を吐き出すので、気を付けなければならない。ちなみに、プチサラマンダーが残す魔石は、赤魔石〈小〉なので良い小遣い稼ぎになる。天音たちは上空から魔物を攻撃するのが面白いようで、次々に魔物を倒している。

「そろそろ戻ろう！」

俺が声を掛けると、アリサたちが戻って来た。アリサと千佳も目をキラキラさせている。楽しかったようだ。

「ここが、十三層じゃなく一層だったら、もっと長く練習できたのに」

天音が不満そうだ。そんなダンジョンがあるのだろうか？　今度探してみよう。

「ところで、夏休みの宿題とか、終わったのか？」

俺が尋ねると、アリサたちは頷いた。夏休みの最初に、四人で協力して片付けたそうだ。

「だったら、これをプレゼントしよう」

俺は『カタパルト』の魔法陣をアリサたちに渡した。由香里には峰月からもらった『ソードフォース』の魔法陣を渡す。

「あれっ、これは『ソードフォース』じゃないですか。どうしたんです？」

「C級冒険者の峰月さんからもらったんだけど、俺には攻撃魔法の才能がないからな」

「これが習得できる魔法レベルは『13』ですから、あたしもまだ習得できません。でも、早く習得できるように頑張ります」

俺は優しく笑う。

「十分に頑張っているよ。もっと遊んでもいいんだぞ。せっかくの夏なんだから、皆で海とか行けばいい」

「グリム先生は行かないんですか？」

「俺はちょっと東京へ行ってくる」

「へえー、東京ですか。何しに行くんです？」

「魔道具を買いに行く」

アリサたちの飛行訓練を行った翌日、俺は電車で東京まで行った。

先端技術を使えなくなった世界は、エネルギー不足になっていた。石炭はそうでもないが、天然ガスや石油採掘には先端技術が使われていたのだ。その技術が使えなくなって天然ガスや石油の採掘量が激減している。

また最新技術の塊(かたまり)である原子炉も動かなくなっていた。集積回路などを一切使わない原子炉の開発は可能だが、安全面の保証ができない。結局、不足分のエネルギーは黄魔石から取り出す電気で供給している。世界全体がエネルギー不足であり、交通機関は効率が良い鉄道やバスが主力となっていた。

東京の蒲田駅(かまたえき)で降りた俺は、冒険者ギルドで教えてくれた魔導工房へ向かった。魔物探知装置などの高価な魔道具は注文生産なので、実際に工房へ行って注文するのが普通なのだそうだ。

「宍戸(しど)魔導工房か、ここだな。ごめんください」

俺の声で奥から四十歳ほどのおばさんが出てきた。

「あんた、お客さんかい？」

「そうです。冒険者ギルドの近藤(こんどう)支部長の紹介で来ました」

「へえー、近藤のね。何を作って欲しいんだい？」

「魔物探知装置を二つです」

「うちの魔物探知装置は、一つ二千八百万だけど、払える？」

「それは大丈夫です。『診断の指輪』をオークションに掛けましたから」

「若いのに頑張っているんだね」

そのおばさんが、工房長の宍戸すずだという。近藤支部長とチームを組んで冒険者をしていた事があるのだそうだ。俺は宍戸工房長と話をして探知範囲などを決めた。

「最後に、あんたの魔力波形を登録してもらおう。魔力で魔道具の制御をするから、必要なんだよ」

高価な魔道具は、ほとんどが魔力制御になっている。他人が盗んでも使えなくするためである。俺は宍戸工房長に教わって魔力波形の登録を行った。きちんと契約書を作成してサインする。宍戸魔導工房の銀行口座に代金を振り込めば、製作に取り掛かるという。製作するには、高価な素材が必要となるので、前払いが原則だと言われた。

契約書もきちんとしたものだし、近藤支部長の知り合いなので信用しても良いだろう。俺は契約書をマジックポーチに仕舞い、工房を出て銀行へ向かう。銀行で宍戸魔導工房の銀行口座に代金を振り込んでから、この町の冒険者ギルドへ行った。

渋紙市の冒険者ギルドは、規模が小さいのでD級冒険者への昇級試験を三ヶ月に一度だけしか行っていない。俺が気付いた時には昇級試験が終わっており、三ヶ月待つか別の冒険者ギルドで受けるかになっていた。俺は魔物探知装置を発注するついでに、ここの冒険者ギルドで昇級試験を受けようと思ったのだ。宿無しのスティールリザードを倒した事で、D級冒険者になる資格があると認められている。

　ここの冒険者ギルドは、渋紙市より三倍ほど規模が大きかった。カウンターでD級の昇級試験について尋ねると、明日行われる予定であり、今日の夕方までに申し込めば受けられるらしい。

「D級の昇級試験を受けます」

　若い女性のギルド職員が、申請用紙を渡してくれた。それを記入して返すとチェックする。

「ん、生活魔法使いなんですか？」

「ええ、問題ないですよね」

　ギルド職員は頷いた。

「はい。でも、生活魔法使いの方がD級の昇級試験を受けるのは、初めてだと思いますよ」

　そうなんだろうな。だけど、これからはどんどん増えるだろう。その昇級試験なんだが、この町にある上級ダンジョンで行われるらしい。上級ダンジョンの五層が中級ダンジョンの二十層に相当するので、そこの魔物と戦わせて実力を確かめるようだ。

　その日はホテルに泊まり、朝早く上級の雷神ダンジョンへ向かった。ダンジョンハウスで着替え、ダンジョンの前で待つ。時間になって試験官と他の受験者が集まった。

「よし、全員揃ったな。私は試験官のＣ級冒険者、垂水信吾だ」

試験官は三十代の冒険者で、魔装魔法使いらしい。受験者の一人京極一郎が横に来て垂水に質問する。

「合格するには、五層のアーマーベアを倒す事だと聞いた。五層へ行くまでに遭遇する魔物との戦いも試験範囲なのか確認したい」

垂水が頷いた。

「そうだ。魔物と遭遇したら、協力して戦ってもらう。なので、自己紹介から始めよう」

試験に参加する人数は五人。攻撃魔法使いが二人、魔装魔法使いが二人、生活魔法使いが一人だ。今、質問した京極は、魔装魔法使いだという。俺が生活魔法使いだと自己紹介すると、お馴染みの反応が返ってきた。試験官である京極が首を傾げ、他の受験者たちが何で生活魔法使いが混じっているのだという顔をする。垂水が俺にだけ質問した。

「今まで倒した魔物の中で、最も強敵だったのは、何だ？」

「単独で倒した魔物となると……オークジェネラルです」

「そうか。それなら十分な実績がある」

後ろの方から、俺の言葉を疑っている声が聞こえてきたが、そいつらには実戦で実力を示せば良い。雷神ダンジョンに入って驚いた。一層は草原エリアだったのだが、中級ダンジョンとは違い、広大なのだ。試験官に聞くと縦横十五キロの草原だそうだ。しかも、狂乱ネズミからアーマードウルフまでの様々な魔物が棲息している。中でも強敵なのが、ハイゴブリンとオークソルジャーだという。

ハイゴブリンは魔法を使い、オークソルジャーはバトルアックスを武器にして襲い掛かってくる。オークソルジャーは問題ないと思うが、ハイゴブリンの魔法は気を付けなければならない。京極が横に並んだ。

「なあ、生活魔法で魔物を倒せるのか？」

「倒せますよ。皆が生活魔法をよく知らないから、疑問に思うんです」

「へえー、そうなんだ」

アタックボアが襲ってきた。俺はクワッドジャベリンを放って仕留めた。どうやって仕留めたか、皆は分からなかったようだ。だが、俺が仕留めた事だけは気付いたらしい。襲ってきた魔物のほとんどを俺が仕留めると、垂水が近寄り口を開いた。

「皆で協力して、と言っただろ。一人で倒すな」

怒られてしまった。普段通り戦っていたのだ。ただ魔法の発動が早いので、皆の分も魔物を倒す結果になっただけである。気を付けよう。

なるべく他の受験者たちに魔物を任せるようにする。そして、俺に襲い掛かってくる魔物だけを仕留めた。但し、ハイゴブリンを発見した時だけは、速攻で仕留める。魔法を使わせないためだ。

「上級ダンジョンには初めて潜ったけど、魔物が多いな」

同じ受験者の京極が、うんざりした顔で言った。京極の武器は黒鉄製大太刀（おおだち）である。襲ってくる魔物が弱いか強いかで魔装魔法を使うかどうか迷うようだ。弱い魔物にまで魔装魔法を使っていたのでは、五層のアーマーベアと戦う前に魔力が尽きるかもしれない、と考えているのだろう。

一方、俺は普段通りの戦い方で五層まで行っても魔力は尽きなかったと思う。『効率倍増の指輪』があるのに加え、生活魔法が省エネだと分かっているからだ。それでも、魔力を温存するために節約するというのは、冒険者にとって正しい判断である。見習おうと思った。狂乱ネズミや角豚は、黒意杖の細剣突きで倒す事にした。その細剣突きを初めて見た京極が目を瞠（みは）る。

「へえー、魔導武器も持っていたのか。ボスドロップか？」

「まあ、そんなものだ。生活魔法使い専用の魔導装備なんだ」

「生活魔法使い専用……どういう意味？」

「生活魔法の才能がないと、使えない」

一層は魔法を使わずに倒せる魔物が多かった。だが、二層へ下りると手強い魔物が多くなる。二層は広大な荒野であり、そこに棲み着いているのはキングスネークやブルースコーピオンと呼ばれる体長二メートルもある大サソリなどの魔物だ。とは言え、受験者たちにとって手子摺（てこず）

るほどの魔物ではなく、順調に攻略した。

俺たちが三層に下りると、目の前に大きな町の廃墟が広がっていた。そこをうろついているのは、スケルトンソルジャー、スケルトンナイト、ファントムなどのアンデッドに加え、トロールゾンビが居るそうだ。

受験者の全員が聖属性付きの武器を持っていた。俺が手強そうだと思ったのは、トロールゾンビだけである。トロールゾンビは身長四メートル、手には棍棒を持っている。ブンブンと振り回す棍棒を避けながら、俺たちは攻撃した。攻撃魔法使いの受験者が『クラッシュバレット』を発動した。破砕魔力弾がトロールゾンビに向かい、その胸に命中して爆発する。巨人の胸に穴が開いたが、それは致命傷にはならなかった。もう一人の攻撃魔法使いが『プロミネンスノヴァ』を使った。螺旋状に渦を巻きながら伸びた炎の帯が、トロールゾンビに命中して包み込み高熱で焼く。

炎が消えた後、焼けただれたトロールゾンビが姿を現した。こんがりと焼けた巨人が出来上がっている。だが、すでに死んでいるゾンビを焼いても活動を停止しない。但し、動きが遅くなったようだ。魔装魔法使いの二人が槍と大太刀で戦い始めた。二人は跳躍してトロールゾンビの首を狙い始める。だが、トロールゾンビの首の位置は高く、簡単には切らせてくれない。トロールゾンビが棍棒を振り回しながら、こちらに近付いてきた。

巨人が棍棒を振り上げ、俺の真上から振り下ろす。クイントカタパルトを発動。俺の身体がD粒子リーフで作られた巨人の手に摑まれ、左斜め上の空中に投げ上げられる。空中で『エアバッグ』を発動。D粒子エアバッグにバスンと受け止められた俺は、もう一度クイントカタパルトを発動した。今度はトロールゾンビの後頭部を掠めるような軌道で空中を高速移動する。身体の負担が大きい。それでもトロールゾンビの背後を通り過ぎる瞬間、クイントブレードで巨人の首を切り裂く。巨大な頭が地面に落下した。

京極が落下した頭を大太刀で真っ二つにした。アンデッドは首を刎ねられても仕留められないものが居るので、念のためにトドメを刺したようだ。垂水が俺の傍に来て話し掛けた。

「今の戦い方は、生活魔法使い独自のものなのか?」

「そうです。『空中機動』と名付けようかと思っています」

垂水が笑った。

「それより、そんな大技を使って魔力は大丈夫なのか?」

俺は左手の中指にはめている指輪を見せた。垂水は、それが何か気付いて目を丸くする。

「もしかして、『効率倍増の指輪』か?」

俺が頷くと垂水が苦笑いする。

「そういう事か。魔力の配分を考えずに魔法を使っているという事で、減点しようかと考えていたが、あれくらいでは節約する必要がなかったのか。聞いて良かったよ」

それを聞いた俺は、垂水に怒られた真の理由が分かった。この試験では魔力配分を考慮しているかという事も試験対象だったのである。それなのに、俺が魔物を片っ端から仕留めたので、他の受験者が魔力配分を考えているのかチェックできなかったのだ。他の受験者が威力のある魔法を使わないのは、魔力配分を考えていたからだ。それに気付いた俺は、この事もアリサたちに教えなければ、と思った。

階段まで到達した俺たちは、四層へと下りた。四層は山岳エリアだ。三つの山があり、その間を縫うように山道がある。その山道を進んだ。ここには数多くの魔物が棲息しているという。ゴブリンやブラックハイエナにも遭遇する事があるらしい。ブラックハイエナの群れに遭遇した場合、大量の魔力を消費する事になり最悪だ。そんな事を考えたせいなのか、ブラックハイエナの群れに遭遇した。

「こんなところで……運が悪いぜ」

京極が溜息を漏らした。ブラックハイエナは、四十匹ほど居るようだ。

「一人八匹ほどだ。君たちの実力なら、問題ないだろう」

試験官の垂水がそう言った。俺は魔力を節約するには、どの生活魔法を使ったらいいか考えた。ブラックハイエナの一匹一匹は、それほど強くないのだ。だが、数が多い。どういう戦い方が良いだろう。

俺は『オートシールド』を発動し、黒鱗鎧のスイッチを入れ防御力を上げた。そして、手に黒意杖を握り締め、D粒子の動きに集中する。攻撃魔法使いたちは、『ファイアバースト』や『クラッシュバレット』を連発で放って先制攻撃すると、後ろに下がった。その攻撃で十五匹ほどを仕留めたようだ。

魔装魔法使いの二人は魔法を使って身体能力を高め、ブラックハイエナの群れに突撃していった。俺はゆっくりと進み出る。魔装魔法使いに向かわなかったブラックハイエナの集団が、俺に襲い掛かってきた。最初に飛び掛かってきたブラックハイエナに黒意杖の細剣突きを放ち仕留める。一瞬で黒意杖の形に戻すと、次に襲ってきたブラックハイエナに、もう一度細剣突きを放つ。三匹目のブラックハイエナには、四重起動の掌打プッシュを発動し弾き飛ばす。

俺は『センシングゾーン』を発動していないが、近距離ならD粒子の動きを感じられるようになっていた。最近は感じられる範囲を広げる修業をしている。今回は、その修業が役に立った。背後から襲ってきたブラックハイエナに対しては掌打プッシュで弾き飛ばし、前方から襲ってくるブラックハイエナには、細剣突きで仕留めるという事を繰り返した。もちろん、同時に何匹ものブラックハイエナに襲い掛かられると、対応が間に合わない事もある。それらにはD粒子シールドが自動的に対処した。

四四匹目、五四匹目を倒した頃から、数える暇がなくなった。それほど集中した事で、感覚的な時間が引き伸ばされる。ブラックハイエナの動きが、遅くなったように感じ始めたのだ。俺は最小限の動きでブラックハイエナに黒意杖を向けて細剣突きを放ち、元の黒意杖に戻す。気が付くと、俺の周りからブラックハイエナが消えていた。全てを倒したのだ。他の受験者を見ると、全員が戦いを終え俺の事を見ていたらしい。

今回戦った中で感じた時間が引き伸ばされるような感覚は、大きな収穫だったかもしれない。これが自由自在に使えるようになれば、大きな戦力アップになる。周りに落ちている魔石を拾いながら数えると十四個だった。京極が近寄って来る。彼はブラックハイエナの攻撃を撥ね返した魔法に驚いたようだ。

「どんな魔法を使ったんだ？」

冒険者たちは知らない魔法を見ると、とにかく知りたがる。但し、必ずしも答える義務はない。だが、『オートシールド』に関しては、魔法庁に登録しているので調べれば、すぐに分かる事だった。

「『オートシールド』という防御用の生活魔法ですよ」

「そんなものまであるのか。俺も生活魔法を覚えるかな」

京極は生活魔法の魔法才能が『D』らしい。俺は教え子でもない他人の戦闘スタイルに口出しするつもりはない。だが、魔装魔法に行き詰まったら生活魔法を学ぶのも良いかもしれないとだけアドバイスした。

山岳エリアを攻略し、俺たちは五層に下りた。五層に下りて最初に感じたのは、むせ返るような緑の匂いだった。中級ダンジョンにも森林エリアは存在するが、少し作り物のような感じがする。ところが上級ダンジョンの森林エリアは本物の森に入ったような感じがした。何というか、完成度が違うという考えが浮かぶ。

京極が魔力カウンターを出して魔力の残量を調べている。あまり芳しくないようだ。それを見た俺も心配になり、魔力カウンターで調べてみた。総魔力の三割ほどが消費されている。魔力量は身体に蓄積（ちくせき）するD粒子の量に比例している。なので、どうやってD粒子を効率的に蓄積するかが課題となる。その蓄積方法は大量の魔物を倒す事が効果的だと分かっていた。俺の場合、魔物の駆逐速度が速いので時間当たりの魔物を倒す数は多い。だが、魔法開発や空手修業などをしているのでダンジョンに潜って狩りをしている時間は少し短い。結果として、総魔力量はE級冒険者として平均的なのだ。

D級の昇級試験を受けるE級冒険者は、同じような魔力量で同じような魔法レベルである者が多いという。そういう実力を吟味して昇級試験を受ける許可を与えるのだから当然かもしれない。俺の場合は、宿無しを倒したという実積（じっせき）が加味されているので、魔力量や魔法レベルは他の受験者が上だろう。

魔力量が俺より少し上でも『効率倍増の指輪』がない京極たちの魔力残量は、半分を切ったかもしれない。これからアーマーベアを倒し、地上まで戻る事を考えると不安だと顔に出ている者も居る。垂水が俺たちの前に立って告げた。

「さて、誰からアーマーベアを倒す？」

受験者たちが顔を見合わせる。少しでも魔力を回復してから戦いたいのだろう。誰も名乗り出なかった。仕方ないので、俺が声を上げる。

「俺から行きます」

「いいだろう。付いて来い。他の者はここで待機だ」

俺と垂水は森の中にある迷路のような獣道を進み始めた。垂水はアーマーベアが居る場所を知っているようだ。

「ところで、生活魔法にアーマーベアを倒せる魔法があるのか？」

「二つほどあります」

「ほう、生活魔法も凄いんだな」

俺は垂水に視線を向けた。

「魔装魔法使いは、どうやってアーマーベアを倒すのですか？」

「魔導武器を使うか、アーマーベアの弱点を狙うかだな」

アーマーベアの弱点というのは目くらいしか思い付かないが、他にもあるのかもしれない。

それを聞き出したかったが、試験官という立場の垂水は言わないだろう。十五分ほど歩いた頃、熊の巣穴らしいものを見付けた。

「この中にアーマーベアが居る。そいつを倒すんだ」

俺はどうやってアーマーベアを巣穴から誘い出すか考え、巣穴に向けてクイントサンダーボウルを叩き込んだ。すると、巣穴の奥から吠え声が聞こえ、巨大な熊が姿を現す。俺は黒鱗鎧のスイッチを入れた。

「ちょっと試してみようかな」

俺は雷撃系の魔法が通用するか試す事にした。アーマーベアの胸にセブンスサンダーアローを放つ。飛翔したセブンスサンダーアローがアーマーベアの装甲のような鱗に命中。放電現象を起こしバチバチと音を立てながら巨大熊の胸に食い込もうとするセブンスサンダーアローは、最終的に鱗に秘められている魔法効果で弾かれて消えた。セブンスサンダーアローの威力より、アーマーベアの鱗に秘められた魔法効果が上だったようだ。それでも少しはダメージを与えたようで、目を怒らせたアーマーベアが俺に襲い掛かってきた。

体長五メートルの巨大熊に近距離で対面すると、さすがに恐怖が湧き起こる。アーマーベアが長い前足を伸ばして、俺を横薙ぎに爪で引き裂こうとした。俺はクイントカタパルトで、自分の身体を真上に投げ上げる。上空で魔法が解除されて俺の身体が落下を始めた瞬間、セブンスハイブレードを巨大熊の頭に叩き込んだ。セブンスハイブレードの威力とアーマーベアの鱗の防御力が拮抗する。セブンスハイブレードで巨大熊がよろめき尻餅をついた。俺は『エアバッグ』を発動して着地し、距離を取る。

セブンスハイブレードで仕留められなかった原因は分かっていた。この魔法は間合いが大切なのだ。魔物との間合いが、八～十メートルの時に最大の威力を発揮する魔法なのである。今回は間合いが短かった。起き上がった巨大熊が凄まじい咆哮を上げた。身体がビリッと震え、体中の毛が逆立つような感じを覚える。俺は黒意杖を上段に構え、静かに待った。

今は間合いが遠い。もう少しアーマーベアが近付くのを待っていると、巨大熊が四つ足で駆け始めた。俺は上段に構えた黒意杖を振り下ろす動作を引き金として、セブンスハイブレードを発動する。セブンスハイブレードが衝撃波を伴って巨大熊の右肩に入り、袈裟懸けに斜め下へと振り抜かれた。今度はセブンスハイブレードの威力が打ち勝った。次の瞬間に衝撃波から生まれた強烈な風が吹き寄せ、俺の髪を掻き乱す。仕留めたのか確認するために見詰めていると、アーマーベアが口から血を吐き出した。しかし、死んではいない。

「セブンスハイブレードの一撃でも無理なのか」

巨大熊が猛烈な勢いで、俺に向かって走り出した。俺は熊の傷口を目掛けてセブンスサンダーアローを放つ。高速で飛んだセブンスサンダーアローが、鱗に当たって電流を放出する。その電流が血に流れ込み、体内へと入り込む。アーマーベアが苦痛の叫びを上げ、よろめいた。

仕留めるチャンスだと思った俺は、もう一度セブンスハイブレードを発動する。音速で振り下ろされた大型のV字プレートが脳天に食い込み頭を叩き潰す。直後に発生した爆風が魔物の巨体を突き飛ばした。身体の内部でドクンと音がした。久しぶりに魔法レベルが上がったらしい。魔法レベルが『13』になったのだ。アーマーベアが青魔石〈中〉へ変わるのを見てホッとした。

「お見事。安心して見ていられる戦いだった」

垂水が感想を言った。

「合格ですか？」

「もちろんだ。おめでとう」

俺は良かったと胸を撫で下ろす。アリサたちが実力を伸ばしているので、すぐにE級になるだろう。その前にD級になっておきたかったのだ。俺は魔石を拾い上げた。その時、もう一つ落ちているものに気付いた。赤いガラス容器に入った液体のドロップ品である。

「これは初級治癒魔法薬か」

俺はマジックポーチから保護ケースを取り出して、初級治癒魔法薬を入れマジックポーチに仕舞った。

「運がいいな。アーマーベアのドロップ品なんて、二十匹倒して一回出るかどうかだぞ」

垂水がドロップ品が出る確率を教えてくれた。冒険者ギルドで聞いた確率と違うのに気付いた。

「あれっ、二パーセントじゃないんですか？」

「それは中級ダンジョンでの確率だ。上級ダンジョンだとドロップの確率も高くなるんだ」

上級ダンジョンは危険だが、実入りは大きいという事だ。

「さあ、戻るぞ」

垂水の指示で戻り始めた。俺たちは京極たちが待つ場所まで戻り、攻撃魔法使いの一人がアーマーベアを倒しに向かった。

「どうだった？」

京極が尋ねた。

「ああ、合格だ」

「おめでとう。生活魔法も凄いんだな」

俺たちは雑談をしながら待った。攻撃魔法使いが垂水に担がれて戻って来た。負傷したようだ。だが、傷は大した事はなく魔力切れで歩けなかったらしい。次は京極だ。少し後、彼は足を引きずっていたが、笑顔で戻った。次々にアーマーベアを倒しに行って戻って来たが、巨大熊を倒せたのは俺と京極だけだったようだ。

試験が終わり、地上に戻った俺たちは、冒険者ギルドへ向かう。俺と京極は、ギルドで手続きをしてE級からD級に冒険者カードを更新した。その日は疲れたので、同じホテルに泊まった。ベッドに横になって、アーマーベアとの戦いを思い出す。あの戦いで『ヒートシェル』を出すチャンスがなかった。やはり『ヒートシェル』は攻撃までに時間が掛かるので使い難い。

「アーマーベアみたいな魔物にも通用する『プッシュ』があれば、もっと戦いやすかったんだけどな」

セブンスプッシュは使えなかった。突き放すつもりが、セブンスプッシュに耐えて迫ってきたら攻撃を受けてしまうからだ。『プッシュ』は魔法レベルが『1』で習得できる魔法なので、強度も速度も大した事はない。七重起動すれば大きな威力を発揮するが、中級ダンジョンの中層以上で遭遇する魔物には力不足だと分かっている。

頭の中にアイデアが浮かんだ。ミートハンマーのようなでこぼこがある丸楯のような形状をD粒子で形成し、高速回転させながら撃ち出すという魔法だ。俺は賢者システムを立ち上げて魔法を創造する。強度・回転速度・撃ち出す速度を調整すると、魔法レベルが『7』で習得できる魔法となった。一応は防御用の魔法として創造したのだが、威力が凄い事になりそうな予感がする。早く試してみたくなったが、ここはホテルで夜中である。次の日に試す事にして寝た。

翌日、渋紙市に戻った俺は、冒険者ギルドでD級になった事を報告すると、水月ダンジョンへ潜り、二層の森林エリアへと向かう。森林エリアには、直径八十センチを超える大きな木が集まっている場所がある。そこへ行った俺は、一本の木の幹に向かって新しい魔法を発動した。多重起動していない単独の新魔法である。高速回転する円盾のようなプレートが初速百キロほどで撃ち出された。幹に命中したプレートは高速回転しながら幹の表面に深い傷を残して消えた。

俺は標的にした木に近付いて確認した。幹に刻まれた傷跡は、五センチほどの深さだ。木の根元には剝ぎ取られた樹皮や粉々になった木クズが落ちている。

「単独の魔法で、オークくらいなら倒せそうだな」

『プッシュ』に替わる防御用の魔法だったはずだが、明らかに攻撃用の魔法になっている。まあいいか。防御用として使えない訳じゃない。俺はD粒子で形成されたものを『オーガプレート』、魔法を『オーガプッシュ』と名付けた。オーガプレートの表面が、ゴツゴツしたオーガの顔に似ていると思ったのである。

トリプルオーガプッシュを試してみようと思い、後ろに下がった。この魔法の射程は、九メートルほどである。大型の魔物と戦う場合、これくらいの射程がないと使いものにならないと思ったのだ。俺は木の幹を睨みトリプルオーガプッシュを発動した。慣れていないので少し時間が掛かる。高速で回転しながら飛翔したオーガプレートは木の幹に命中して木クズを撒き散らしながら幹に円形の穴を開け始めた。しばらく幹を削る音が聞こえていたが、音が消えると同時にオーガプレートも消滅。残ったのは幹に開いた深さ十センチ・直径六十センチほどの穴である。

「凄まじい威力だな。これならアーマーボアの突進を止められるんじゃないか」

アーマーボアは高い防御力と凄まじい突進を武器とする魔物である。その突進を止めるにはセブンスプッシュが必要だったが、『オーガプッシュ』は三重起動で止められそうだ。

次はクイントオーガプッシュを試す事にした。ぎりぎりで五重起動を発動させる。風切り音を響かせて高速回転するオーガプレートが撃ち出され、木の幹に命中する。直径八十センチほどある太い幹の左側三分の二を削り取って貫通する。残った部分で支えきれなくなった木は、ミシミシッと音を立てて倒れた。

セブンスオーガプッシュまで試そうと思っていたが、練習しないと発動させられないようだ。俺はトリプルオーガプッシュの早撃ちを練習した。何度も何度も放ち、『オーガプッシュ』を発動する感覚を精神と身体に覚え込ませる。その日は練習だけで魔力が尽きそうになったので、地上に戻った。

2　C級魔装魔法使いの生活魔法

『オーガプッシュ』をダンジョンで試した後、帰る前に冒険者ギルドに寄った。すると、中で騒ぎが起きていた。

「冗談じゃないぞ。水月ダンジョンではビッグシープの羊毛が定期的に手に入ると聞いて来たんだ。ビッグシープの羊毛が手に入らないというのは、どうしてなんだ？」

偶に冒険者ギルドに直接買い付けに来る業者が居るらしい。騒いでいるのは、高級羊毛を扱っている業者だという。受付の加藤が必死になって説明している。

「ビッグシープの羊毛を専門に集めていた『紅月の使者』が、隣町の風華ダンジョンへ遠征に行っているのです。なので、在庫がなくなって売りたくとも売れないのです」

「ちょっと待ってくれ。相手はビッグシープなんだ。『紅月の使者』でなくとも倒せるだろう」

ビッグシープの羊毛を手に入れるには、ダンジョンエラーが起きるまで延々とビッグシープを倒し続けなければならない。そんな事をやりたがる冒険者は少ないのだ。

「割増料金を出して頂けるのなら、冒険者に声を掛けますが、如何いたしますか？」

「ここのギルドでは、割安でビッグシープの羊毛が手に入ると聞いたので、わざわざ来たんだ。割増料金など払えない」

どこで聞いたか知らないが、定期的にビッグシープの羊毛を持ち帰る『紅月の使者』の噂を聞き、ここの冒険者ギルドへ来たようだ。タイミングが悪かったとしか言いようがない。ところで、この冒険者ギルドで売られているビッグシープの羊毛が安いというのは初めて知った。

定期的にビッグシープの羊毛を手に入れてくる『紅月の使者』が居るせいで安くなっていたのかもしれない。相場は需要と供給で決まるのだ。騒いでいる業者も割増料金を払えばいいのに、と俺は考えていた。騒ぎが聞こえたのか、近藤(こんどう)支部長が奥から出てきた。

「何の騒ぎだ？」

加藤は支部長に説明した。支部長は問題の業者を支部長室へ連れて行った。俺はカウンターに行って魔石の換金をする。換金を担当したのは加藤だ。

「大変でしたね」

「本当に大変でした。誰かビッグシープ狩りを引き受けてくれる冒険者がいればいいんですが……グリム先生はどうです？」

「残念ながら期待には沿えないよ。俺の狩場は、十五層だからね」

「もしかして、十五層の巣穴を探すの？」

「ええ、オーク城の宝物庫の次は、十五層の巣穴です」

峰月(ほうげつ)と一緒に行った時は全く無視したが、アーマーベアが棲(す)み着(つ)いている森の中には、アーマーベアの巣穴があるらしい。その巣穴には宝箱があるのだ。それを狙ってみようと考えていた。俺が待合室でコーヒーを飲んでいると、タイチが現れた。

「グリム先生」

「よう、タイチは夏休みにダンジョンへ潜っているのか？」

「はい、中級ダンジョンへ潜れるようになったので、クラスメイトと水月ダンジョンへ潜っています」

二層の森林エリアでオークやアタックボアの狩りをしているらしい。

「グリム先生、『ブレード』と『ジャベリン』を覚えたので、次の生活魔法を覚えたいんですが、どうしたらいいでしょう?」

魔法庁に登録してある生活魔法は、魔法レベルが『5』で覚えられる『ブレード』と『ジャベリン』の次となると魔法レベルが『8』の『オートシールド』となってしまう。魔法レベルが『6』や『7』で覚えられる生活魔法がないのだ。その辺がバランスが悪いように感じる。

タイチのような生活魔法使いが育っているのだから、魔法庁に登録する魔法を増やすべきだろうか? 考えてみよう。

「タイチは、生活魔法にどんな魔法があればいいと思う?」

「そうですね。雷撃系は『サンダーボウル』があるし、『クラッシュバレット』みたいに爆発する魔法かな」

爆発する魔法は派手なので人気がある。また『サンダーボウル』も人気があるらしい。そう言えば、鉄心(てっしん)も教えてくれと言っていたからな。おっと、タイチから次に覚える魔法を相談されていたんだった。基本的に一年生で『ジャベリン』まで覚えれば十分だと思うのだが、色々覚えたいという気持ちも分かる。その前に確かめないと。

「『ブレード』と『ジャベリン』は、十分に使えるようになったのか？」

「ちゃんと練習しましたよ」

「ふーん、ちょっと確かめてみよう。訓練場で見せてくれ」

「分かりました」

俺たちは訓練場に向かった。訓練場には鉄心が居た。『サンダーボウル』の練習をしているようだ。

「グリム、その子も教え子なのか？」

「教え子の教え子みたいなものです」

俺はタイチを鉄心に紹介した。鉄心は割と目立つ方なので、顔くらいは知っているだろうが、話した事はなかったようだ。

「何をするんだ？」

鉄心は俺たちが訓練場に来たのを不思議に思ったようだ。

「タイチがどれほど練習したか、確かめるんですよ」

タイチに土嚢（どのう）の山を標的にして、セブンスジャベリンとセブンスブレードを放ってもらった。セブンスブレードはまあまあだが、セブンスジャベリンは的を外した。

「『ジャベリン』は、命中率を上げるような練習が必要だな。それが終わったら、『サンダーボウル』を習得するといい。それまでに魔法庁に登録しておくから」

「ありがとうございます」


鉄心もタイチの生活魔法を見ていたのだが、感心していた。

「おれはタイチの魔法を凄いと思ったんだけど。ちょっと外れたくらい、よくある事じゃねえか。その後が重要なんだと思うけどな」

鉄心が言いたい事は分かる。実戦では、万全の状態で魔法を放てる訳じゃない。外した時は、こう対応するみたいな事が重要だと言っているのだ。

「鉄心さんが言いたい事も分かりますけど、この前、キュクロープスと戦った時に、狙いを外して仕留められなかったんです。これからは命中率、正確さが課題だなと思ったんですよ」

鉄心が驚いた顔をする。

「な、何だと……ちょっと前に、E級になったばかりだというのに、キュクロープスだって。無理をし過ぎだろう」

俺は冒険者カードを出して見せた。

「げっ、D級になってる」

鉄心が地面に座り込んで、敗残兵のような顔をする。

「そういう小芝居は、いいですから」

「何を言っているんだ。的確におれの心情を表していただろ。D級冒険者になったという事は、ギルドが実力を認めたという事だ。グリムは凄えよ。それに比べて……」

「鉄心さんだって、これから頑張ればいいじゃないですか」

「そういうが、魔装魔法使いの現役は短いんだ」

「だったら、生活魔法使いとして頑張ればいい」

「そうか、生活魔法があるか」

「不安なんですか？」

「まあな。生活魔法の才能は『D』なんだ。魔法レベルは『10』が限界になる。後は、『才能の実』でも食べるしかない」

俺が聞いた事がない名称が出てきた。『才能の実』とは何だろう。それを尋ねると、鉄心が教えてくれた。

「上級ダンジョンの特別な場所に生えている木の実だ。その実を食べると、才能のランクが上がるらしい」

初めて聞いた情報だった。上級ダンジョンで活動するC級以上の冒険者には常識らしい。と言っても、上級ダンジョンの情報などほとんど知らないので、俺が聞いたことがないのも当然だ。才能の実は置いておくとして、生活魔法の才能が『D』という者は多い。由香里(ゆかり)とカリナもそうだったはずだ。なので、生活魔法を創造する時に、なるべく魔法レベルが『10』以下で習得できるようにしている。

「話を戻して、生活魔法でやっていけるかどうかですけど、中級ダンジョンの二十層くらいまでなら活動できると思います」

「中級ダンジョンを攻略とかできないのか？」

「分かりませんよ。俺は中級ダンジョンの十九層までしか行った事がないんですから」

「そうだった」

俺はそう言ったが、今の生活魔法での攻略は無理だろうと思っていた。攻撃魔法使いは、数多くの魔法の中から、魔物の弱点を突くような魔法を選んで倒す。だが、生活魔法は選ぶほどの数がない。数少ない魔法を駆使して強敵を倒さねばならないのだ。攻撃魔法には特定の魔物を倒す専用の魔法があるほどなのに、大変な違いである。

鉄心とタイチの二人と雑談をしてから別れ、アパートに戻った。そして、ベッドに寝転がって、タイチのような生活魔法使いの後輩たちについて考えた。後輩たちの事を真剣に考えるのなら、生活魔法使いが一人前の冒険者として生活できるほどの魔法を公開して、冒険者への道を示さなければならない。後輩たちが一人前となるのに必要な最小限の生活魔法は何だろう？『プッシュ』『コーンアロー』『サンダーボウル』『エアバッグ』『ブレード』『ジャベリン』『サンダーアロー』『センシングゾーン』『オートシールド』『ハイブレード』『ウィング』の生活魔法があれば、一人前の冒険者となれるのではないか？

冒険者の頂点を目指すのであれば『オーガプッシュ』『カタパルト』『ヒートシェル』などが必要になるが、一人前の冒険者というならば、十一個の生活魔法で十分だろう。その十一個の生活魔法の中には、魔法庁に登録していない『サンダーボウル』『エアバッグ』『サンダーアロー』『センシングゾーン』『ハイブレード』『ウィング』の六個の魔法がある。

これらの生活魔法を一度にという訳にはいかないが、魔法庁に登録しようかと考えた。一度に登録しないのは、一つの魔法を登録して公開されるのに一ヶ月ほど掛かったが、二つの魔法を登録して公開されるのに二ヶ月半ほど掛かったからだ。

どういう事務処理・手続きが必要なのか知らないが、一度に処理する魔法が増えると公開までの時間が長くなるらしい。なので、一つ登録してから公開されるまで待って次を登録しようと思う。登録しようと考える生活魔法の中でも『ウィング』は人気が出るだろう。『ウィング』を使いたいために生活魔法の魔法レベルを上げようと考える冒険者が出てくると思った。

そんな事を考えた翌日、魔法庁で『サンダーボウル』を登録してから、水月ダンジョンへ行き『オーガプッシュ』の練習をした。七重起動のセブンスオーガプッシュが溜めなしで放てるようになるまでは、アーマーベアの巣穴を探しに行くつもりはなかった。

そのセブンスオーガプッシュが満足いくものになった頃、宍戸魔導工房から魔物探知装置が完成したという報せが届いたので、受け取りに東京へ行った。受け取って戻ると、水月ダンジョンで試してみた。セットした魔物探知装置に魔物が近付くと警報音が鳴る事を確かめて満足する。一応テントや寝袋もあるので、ダンジョンで野営する事もできる。

同じ頃、C級冒険者の峰月は、地元の冒険者ギルドで冒険者関係の雑誌を読んでいた。

「おっ、グリムじゃないか」

雑誌の中に宿無し特集というものがあった。その中にスティールリザードを倒した冒険者たちの写真が載っており、グリムの姿もあったのだ。

「峰月、蒼銀は手に入ったのか?」

話し掛けたのは、同じC級冒険者である上条渉(かみじょうわたる)だった。『森羅万象』の前衛で魔装魔法使いである。上条は左腕に包帯を巻いていた。

「もちろんだ。……また怪我(けが)をしたのか?」

「ああ、全治一ヶ月だ」

「無茶をするからだ。得物(えもの)を替えろ」

峰月が得物を替えろと言ったのは、上条の武器が脇差(わきざし)だからだ。上条は小太刀術(こだちじゅつ)の名手であり、魔物を倒すのに魔導武器である脇差を使っている。その魔導武器は〈魔導無効〉の効果がある脇差で、魔法により防御力を上げている魔物には絶大な効果を発揮した。ただリーチが短いので、反撃されて怪我を負う事も多い。

「冗談じゃない。いくらリーチが長くとも、普通の武器じゃ倒せない魔物も居るんだぞ」

「だったら、その脇差を薙刀にでも作り変えろ」

上条が顔をしかめた。薙刀に武器を替えた事もあったのだ。だが、しっくりせず脇差に戻した。グリムの事が載っている雑誌が、峰月の目に入った。

「上条、生活魔法の才能を持っているか?」

「何の話だ?」

「いいから答えろ」

「生活魔法は、『C』だ」

峰月が複雑な表情をして溜息を漏らした。

「何だというんだ?」

「お前が羨ましいんだ。生活魔法を覚えたいんだが、自分には全く才能がない」

「なぜ、生活魔法なんだ?」

峰月は渋紙市で出会った生活魔法使いの冒険者について話した。それを聞いた上条は興味を持ったようだ。上条は峰月から生活魔法の話を聞いて、ダンジョン探索に活用できるんじゃないかと思った。それから生活魔法について調べ始める。

　魔法庁で資料をもらった上条は、それを持って冒険者ギルドへ行った。ギルドの待合室で紅茶を飲みながら読み始める。従来の生活魔法は、使えないと思えるものばかりだった。だが、最近登録され始めた魔法は、使えるのではないかと思えるものがあった。

「最近の生活魔法は、渋紙市のグリム先生という人物が登録しているのか。峰月が話していた生活魔法使いだな。やはり直接会って確かめないとダメだな」

　そこに上条のチームである『森羅万象』のメンバーが来た。

「よう、上条。腕の具合はどうだ？」

　リーダーの来栖三郎が声を掛けた。

「順調に回復しているぞ。そっちはどうだ？」

「お前が抜けたから、代わりの魔装魔法使いを探してもらった。紹介しよう。下根忠幸だ」

　冒険者ギルドから紹介された冒険者だという。下根はロングソードが武器らしい。

「そのロングソードは、魔導武器なのか？」

「いや、蒼銀製のロングソードです。僕は『スラッシュプラス』を使うんですよ」

『スラッシュプラス』は剣などの刃物に魔力を纏わせ、切れ味を強化する魔装魔法である。魔法レベルが『11』で習得できる魔法だ。上条も使えるが、魔力で防御力を高めるタイプの魔物には効果がない。そういう魔物と戦う時には、リーダーである来栖が攻撃魔法で仕留めるつもりなのだろう。

「上条、全治一ヶ月だったよな。その間は、どうするんだ？」

「生活魔法を勉強しようかと思っている」

来栖が驚いた顔をする。予想外だったのだろう。

「生活魔法……ああ、『リペア』とか『ピュア』か。あると便利な魔法だったな」

来栖の生活魔法に関する知識は古いままらしい。それは下根も同じだったようだ。

「へっ、生活魔法だって。頭がおかしくなったのか。そんなものを覚えるより、魔装魔法の『マッハアサルト』でも覚えるのが、いいんじゃないか」

『マッハアサルト』というのは、脚力を中心に強化し超高速の突撃で魔物を仕留める魔装魔法である。威力はあるが、危険な魔法だった。魔物に攻撃されると回避できず、相打ちになる事があるのだ。下根の言葉に悪意を感じた上条は、下根を睨んだ。

「何、睨んでいるんだ。あんたが怪我をしたから、僕が代わりに来ているんだぞ」

上条は来栖をチラッと見た。我慢しろと目で合図している。

「一ヶ月だ。それまで、しっかり代わりを務めてくれ」

「ふん、帰ってきた時に、あんたの席があるかどうか分からないぞ」

来栖が困ったような顔をして、メンバーを促し打ち合わせ部屋へ向かった。残った上条は、この一ヶ月間でチームに何もなければ良いのだが、と不安になった。

俺は冒険者ギルドの資料室で、水月ダンジョンの十五層について調べていた。アーマーベアの巣穴について、何か書かれていないか探したのだ。

「結局、何も分からなかったな」

その時、資料室のドアが開いて引き締まった体格をした冒険者が入って来た。その男が鋭い目付きで、俺を見る。

「君が、グリム先生か？」

「ええ、グリムは俺ですけど、何か？」

「私は、峰月喜重郎の知り合いで、上条渉という」

「へえー、峰月さんの知り合いですか。やはり攻撃魔法使いなんですか？」

「いや、魔装魔法使いのC級冒険者だ」

俺が用件を尋ねると、上条が生活魔法を覚えたいという。C級冒険者が生活魔法を覚えたいと言って訪ねてきたというのは嬉しかった。嬉しかったが、疑問を持った。C級冒険者になるほど優秀な魔装魔法使いが、今更生活魔法を必要としているのだろうか？

「ちょっと確認してもいいですか。C級冒険者になっているという事は、強力な魔法を習得しているんですよね。今更生活魔法が必要なんですか？」

上条が包帯を巻いている腕を見せ、武器である脇差を取り出した。

「私の武器は、この脇差なのだ」

小太刀術を得意とする上条は、リーチが短い脇差を得物に選んでいる関係で、怪我をする事が多いらしい。生活魔法を覚える事で、戦闘スタイルを変えたいという事だろう。峰月の知り合いという事なので、生活魔法の基礎を教える事にした。

「ところで、生活魔法を何か習得していますか？」

「魔法学院で『プッシュ』と『リペア』を覚えた。ちなみに、生活魔法の魔法レベルは『2』だ」

「だったら、訓練場で生活魔法の基礎を教えます」

俺は上条と一緒に訓練場へ行った。多重起動について説明してから、上条に丸太に向かって『プッシュ』を放ってもらう。丸太に命中したD粒子プレートが、ペチッと音を立てて崩壊(ほうかい)した。

「単独の『プッシュ』は、そんなものなんです。それを五重起動にすると」

俺がクイントプッシュを披露(ひろう)すると、上条がちょっとだけ驚いた顔をする。クイントプッシュ以上に強力な魔法を腐(くさ)るほど見ているので、学院の生徒みたいには驚かないようだ。

「なるほど、多重起動というのは、凄いものなんだな」

「ええ、上条さんが習得するなら、『ブレード』がいいかもしれません」

「ブレードというのは？」

俺は黒意杖を取り出して上段に構え、振り下ろす動作を引き金にクワッドブレードを放った。的にした丸太が綺麗に二つに割れた。

「ほう、四重起動でも中々威力があるんだな。七重起動だと、どんな魔物を倒した事があるんだ？」

「そうですね。アーマーボアをセブンスブレードで仕留めた事があります」

「それだけの威力があれば使える。グリム先生、あなたの教えを受けたい。よろしくお願いします」

上条には『コーンアロー』を習得してもらう事にした。但し、それは夜にやってもらう事にして、昼間は魔法レベルを上げるために魔物と戦ってもらう。とは言え、上条が使えるのはダブルプッシュだけである。なので、水月ダンジョンの一層と二層で、ゴブリンやオークを相手にダブルプッシュを命中させてから、武器で仕留めるという事を繰り返してもらう事になる。

上条の魔力量は、学院の生徒などと比べられないほど膨大である。その魔力を使って百回以上もダブルプッシュを繰り出し魔物を仕留めれば、生活魔法の魔法レベルが上がるだろうと思っている。

「ほう、生活魔法で仕留めなくとも、魔法レベルを上げるのに効果があるのか？」

「そうみたいです。こういう場合は、魔力量が多い人が有利です」

「なるほどな。いい事を教わった。代わりに、魔法を覚えるコツを教えようか？」

「そんなものがあるんですか。教えてください」

「普通は魔法陣をジッと睨んで習得するが、その時に魔力を動かしていると、早く覚えるらしい」

俺は首を傾げた。

「魔力を動かせるんですか？」

「魔装魔法は、魔力を身体に纏ったり、武器に流し込んだりする。それは魔法で強制的に行うのだが、ちょっとした移動なら、訓練すればできるようになるんだ」

上条は右肺にある魔力を左肺に、次は左肺から右肺にと移動する訓練をしたらしい。そうすると脳が活性化して、魔法を早く覚えられるという。俺は魔装魔法の『パワーアシスト』を覚えるのに、かなり苦労した事を思い出した。あれが少しでも早く覚えられるのなら、魔力移動を訓練する価値はある。

「ところで、何でグリム先生と呼ばれているんだ？」

「魔法学院で、生活魔法を教えていたんです」

「ああ、本物の先生だったのか。なるほど」

「上条さんはC級冒険者で、歳上なんだからグリムでいいですよ」

「いや、グリム先生と呼ばせてくれ。真剣に学びたいんだ」

その真剣さは分かるんだが、俺としてはプレッシャーを感じてしまう。

「そうだ、報酬の事を忘れていた。これでいいか？」

上条が巾着袋のようなマジックバッグから、エスケープボールを出して俺に渡してきた。

「こんな高価なものを……」

「いいんだ。ダンジョンで手に入れたものだから、元手は掛かっていない」

俺はエスケープボールをマジックポーチに仕舞い、その代わり『コーンアロー』の魔法陣を出して渡した。それから水月ダンジョンに案内して、ゴブリンやオークを倒してもらう。ダブルプッシュだけを使って、脇差で倒しているのだが、あまりにも簡単に倒すのでオークが雑魚に見えてくる。見物していても仕方ないので、俺はダンジョンハウスに戻って新しい魔法でも考える事にした。


ダンジョンハウスに戻り、休憩室の椅子に座る。魔物を攻撃するための魔法はアイデアが浮かばなかったので、アリサたちやタイチが言っていた掃除をする魔法を考えた。

「D粒子に埃を集めさせればいいだけだよな」

空気中からD粒子を集め、埃を回収する魔法を考えた。埃かどうかという判断は、大きさで判定する。賢者システムを立ち上げ、掃除用の魔法を構築。一ヶ所に集めたD粒子を打ち上げ

花火のように周囲に放ち、埃と接触したら、その埃を捕獲して集まってくるという魔法だ。

ロッカールームへ行って、誰も居ないのを確かめてから掃除魔法を発動する。D粒子が集合、離散、集合して埃を集めてきた。目の前に埃の塊（かたまり）が浮かんでいる。埃が集まったという事は成功したのだ。魔法が解除されると、その埃が床に落ちた。それから、ロッカールームの隅々をチェックする。

埃の塊が出来たのだから、綺麗にはなっているのだろうが、期待していたほど綺麗になっていない気がする。壁などは汚れが付いたままだし、部屋の角には埃が溜まったままになっている。どうやら、D粒子は空気中に漂（ただよ）う埃を集めてきたらしい。この方法ではダメなようだ。

「掃除というより、空気清浄機になっている」

休憩室に戻って考えていると、上条が戻って来た。

「魔法レベルが一つ上がったぞ」

「早いな。さすがC級ですね」

相手がベテランのC級冒険者なので、教える側は楽だ。安全確認のために見守る必要はないし、指示だけ出していれば、勝手に練習してレベルを上げる。上条は急速に生活魔法の魔法レベルを上げ、『コーンアロー』も二日ほどで習得した。『コーンアロー』の多重起動で魔物が倒せるようになると、早撃ちの練習をするようになった。俺は身体の動きに合わせて、生活魔法を放つ方法も教えた。

「なるほど、掌打プッシュとかは面白いな。発動する時間が短縮されるのもいい」

上条は玩具を与えられた子供のように楽しそうだった。アッという間に魔法レベルが『5』になった上条に、『ブレード』と『ジャベリン』の魔法陣を渡した。『ブレード』は実演して見せたので、水月ダンジョンの二層へ行って『ジャベリン』を実際に使って見せる。『コーンアロー』の拡大版なので、すぐに理解したようだ。

「連日ダンジョンへ潜っていますけど、疲れないんですか?」

上条は毎日ダンジョンへ潜っているようなので、大丈夫なのか確認した。

「上級ダンジョンに潜るのに比べれば、中級ダンジョンなんてレクリエーションみたいなものだ」

昇級試験の時に上級ダンジョンへ潜った経験しかないが、上級ダンジョンの魔物の数は桁違いだった。様々な魔物が時間を置かずに襲ってくる状況は厳しい。それに比べれば、中級ダンジョンの低層など楽勝なのだろう。

「そう言えば、グリム先生は、どんな活動をしているんだ?」

「アーマーベアの巣穴探しです」

「ああ、宝箱を狙っているのか。私もやったよ」

他のダンジョンにも、アーマーベアの巣穴探しがあるらしい。俺は何度か十五層へ行って探したのだが、未だに見付けられずにいた。

「アーマーベアが巣穴を作りやすい場所というのがあるんだ。起伏が激しい地形で、背の高い草が生えている場所だ。そこを念入りに探すと見付かるぞ」

「ありがとうございます」

さすがC級冒険者は違うと思った。資料室にもなかった情報を教えてもらい喜んだ。

夏休みが終わる頃になっても、鉄心たちはまだオーク城の宝物庫を諦めていなかった。

「粘りますね」

冒険者ギルドで会った鉄心に言うと、鉄心が苦笑する。

「一ヶ月や二ヶ月で諦めるのは、早すぎるぞ。おれが知っている中には、半年ほど続けて宝物庫を発見した冒険者も居るんだ」

「半年か、凄いな。俺はアーマーベアの巣穴探しを始めたばかりだけど、諦めそうになりました」

「教え子たちに、根性なしだと笑われるぞ」

そうかもしれないと反省した。宝物庫や宝箱を発見すれば、普通に働いている人たちの年収以上の収入となる事もあるのだ。それを一ヶ月も経たないのに諦めるようでは、本当に笑われる。

「ところで、鉄心さん。生活魔法の魔法レベルは、いくつになりました？」

「おれの魔法レベルは『6』だ」

以前に聞いた時より、一つ上がっている。鉄心の魔法レベルの上がり方は、常識の範囲だ。でも、上条の魔法レベルは、同じく『6』になっている。ちょっと前に魔法レベルを『2』から上げ始めたばかりだというのに異常だった。それを鉄心に話すと、なぜか納得したように頷かれた。

「C級以上の冒険者というのは、そういうものなんだ。化け物だと思った方がいい」

「俺もD級だから、次はC級なんだけど」

「D級とC級は違うぞ。C級以上の昇級試験を受けるには、桁違いに難しいチェックがあるそうだ」

C級から上級ダンジョンへ入れるようになるので、それだけ厳しくしているのだろう。

「そのC級冒険者は、何をしているんだ？」

「『ブレード』と『ジャベリン』を覚えたので、水月ダンジョンの八層で、リザードソルジャー狩りをしています。しかも、三橋師範と一緒にです」

なぜか三橋師範と知り合いだったらしい。三橋師範も生活魔法を習っていると知ると、一緒にダンジョンへ潜るようになった。その影響なのか、三橋師範の魔法レベルも上がり始めている。

「むっ、もうすぐ追い抜かれそうじゃないか。おれも頑張らねば」

三橋師範が自分と同じ魔法レベルが『6』になったと聞いた鉄心は、気合を入れた。

鉄心と雑談した後、俺はアパートへ戻った。最近、アパートで掃除魔法の研究をする事が多くなった。最初に創った掃除魔法は、空気清浄機のようなものになったので、別なやり方を研究している。一つはD粒子で竜巻のようなものを作り、埃やゴミを吸い込むというものだ。試してみると、部屋の中で竜巻を発生させるものじゃないという結論になった。竜巻が様々なものを巻き込んで撒き散らしたのだ。威力が強すぎたのが原因である。ただ埃は綺麗に除去された。何度か試しながら強さを調節してみたが、上手くいかない。

「はあ、ダメか。何かアイデアは……」

しばらく考えてアイデアが浮かんだ。高圧洗浄機のようにD粒子を壁や床に噴出して埃や綿屑を舞い上がらせ、空中でD粒子に捕獲させて集めるというものだ。高圧洗浄機というのは、水道水の圧力を増幅して高圧の水の力で外壁や塀、石畳、車などの掃除をする機械である。

賢者システムを使って魔法を構築する。一度噴出したD粒子は埃やゴミを捕獲して戻り、それらを一箇所に纏めるとまた噴出されるという循環的に使用するものとした。掃除魔法により

D粒子が集められ、楽器の一種で『シャッ、シャッ』と音がなるマラカスに似た形状となる。球形部分の先端部分と上部に穴が開いている。先端部分の穴からD粒子が噴出され、浮き上がった埃や綿屑を捕獲したD粒子が上部の穴から戻ってきて、埃や綿屑を一ヶ所に纏めるという仕組みだ。

　高圧洗浄機は、高圧の水を使うので屋外でしか使えない。だが、この掃除魔法はD粒子しか使わないので、屋内で使っても問題ない。俺はアパートの部屋で掃除魔法を試してみた。マラカスのような掃除魔法具が形成される。淡く黄色に輝く掃除魔法具を手に取って起動した。その先端から太陽光の粉末のように輝くD粒子が噴出され、床に吹き付けられる。D粒子は床の埃や綿屑を弾き飛ばし宙に浮かせる。そして、空中に浮いている埃や綿屑を捕らえて、掃除魔法具に戻って来た。音はほとんどしない。D粒子が床に当たる音が微かにするくらいで、これなら夜でもできるだろう。

　狭い隙間にもD粒子が入り込むので、思った以上に床が綺麗になった。掃除魔法の継続時間は二十分である。魔法が解除される直前には、D粒子の噴出が止まり掃除魔法具が点滅するようにした。点滅したら掃除魔法具をゴミ箱かビニール袋に捨てる。そういう手順になる。この掃除は楽だし面白い。

　様々な物に対して、掃除魔法具を使ってみた。服やタンス、靴などにも試す。服の汚れは綺麗にならなかった。洗濯機の代わりにはならないようだ。掃除魔法はもう少し調整すれば完成するだろう。名前を『Dクリーン』と名付けた。ただ、ちょっと困った事になった。これを習得するのに、『3』以上の魔法レベルが必要だったのだ。

冒険者ではない一般人が使うために、魔法レベルが『1』で習得できるようにしたかった。だが、それには何かを犠牲（ぎせい）にしないとダメなようだ。結局、掃除魔法の継続時間を八分に短縮する事とD粒子噴出量を少なくする事で魔法レベルが『1』で習得できる魔法も創った。

『Dクリーン』は、魔法レベルが『3』で習得できる正規版と魔法レベルが『1』で習得できる劣化版を用意したのだ。最初に創った空気清浄機のような魔法は、もう少し研究する事にする。空気中の花粉や埃などを除去できるなら、需要があるかもしれないと考えたのだ。ただ、今の性能だと中途半端なのでもう少し研究が必要だった。

上条は三橋師範と一緒にリザードソルジャー狩りをしていた。襲ってきたリザードソルジャーに向かって脇差を振り抜く。それに合わせてクイントブレードが発動。そのV字プレートがリザードソルジャーを切り裂いた。

「三橋師範、私のクイントブレードをどう思います？」

上条は短期間だが、ナンクル流空手を習っていた事があるのだ。

「スムーズに発動するようになったじゃないか」

「そうでしょ。もう少し狩りを続ければ、魔法レベルが『7』になります。そうしたら、セブンスブレードです」

上条が上機嫌で言った。

「だが、もうそろそろ一ヶ月だろ。戻らなければならんのじゃないか？」

「そうなんですよ。もう少しここで修業したいんですが……」

「仲間が待っているんだろ。次に長い休暇を取った時にでも、また来ればいい」

「そうですね。ところで、グリム先生は一人前の生活魔法使いになるためには、十一個の生活魔法を覚えなければならないと言っていましたが、師範はいくつ覚えたんです？」

「『プッシュ』『コーンアロー』『サンダーボウル』『エアバッグ』『ブレード』『ジャベリン』の六つだ」

「クッ、負けてる。まだ『エアバッグ』は覚えていないんです」

「始めて一ヶ月なんだろ。欲張りすぎだ」

「でも、早く『ハイブレード』『ウィング』を習得したいんですよ」

三橋師範も同意するように頷いた。

「かなり強力な魔物も倒せそうな『ハイブレード』と、空を飛べる『ウィング』だからな。しかし、今回の滞在中に覚えるのは無理だろう」

それを聞いた上条が溜息を漏らした。

「本当はグリム先生に直接教えてもらいながら、習得するのがいいんですが、コツみたいなものを聞いて、地元に戻ってから習得するしかないですね」

上条は渋紙市を離れる一日前に、魔法陣をもらって習得していない生活魔法に関する使い方やコツなどをグリムから教えてもらった。『ウィング』の魔法で作り出されたD粒子ウィングに乗って飛び回るグリムを見た上条は、絶対に『ウィング』を習得してやると決意する。

翌日に地元に戻った上条は、冒険者ギルドへ向かった。上条が所属するチーム『森羅万象』の情報を得るためである。

「『森羅万象』なら、神陽（しんよう）ダンジョンへ行っています。一週間ほど帰らないと思いますよ」

ギルドの受付に言われた上条は、肩を落とした。こんな事なら、もう一週間渋紙市に滞在できたのに。

「上条様、支部長がお会いになりたいそうです」

「何だろう」

上条は支部長室へ行った。支部長室に入ってソファーに座ると、職員がコーヒーを持って来てくれた。上条は渋（しぶ）い顔をしている支部長に目を向ける。この支部長は元冒険者で魔装魔法使いだったらしい。

「君に、頼みがあるんだ」

「何ですか？」

「開虹ダンジョンの十五層で、中ボスのイエローオーガが復活した。倒してきて欲しいんだ」

中級ダンジョンである開虹ダンジョンは、あまり人気のないダンジョンで、ここで活動している冒険者の中に、中ボスを倒せる者が居なかったらしい。ギルドからの協力要請なので、引き受ける事にした。駄賃程度の報酬しかもらえないが、断ってギルドの印象を悪くするのは馬鹿げている。それにボスドロップで良いものが手に入るかもしれない。

様々な情報をギルドからもらっている冒険者とギルドは、共生関係にあるのだ。ちゃんとした冒険者なら、理由がない限りギルドからの協力要請を断ったりしないものなのだ。

「ソロだと大変だろうから、『戦場の牙』と一緒に行ってくれ」

「一人でも大丈夫です」

「中級ダンジョンの中ボスだと言っても、十五層まで行くには魔力の消耗を考えなければならんだろう。邪魔にはならんと思うから、連れて行ってくれ」

「イエローオーガくらいなら、ソロで大丈夫なのに……」

上条が苦笑して呟いた。

「出発は二日後になる。よろしく頼む」

オーガは頭から突き出た角の色によって強さが変わり、冒険者が単にオーガと呼ぶ場合は、黒い角のブラックオーガになる。また、その強さは『ブラック』『イエロー』『ブルー』『レッド』『シルバー』の順に段々と強くなるので、イエローオーガは四番目に強いという事だ。ちなみに、皮膚（ひふ）の色はダークグリーンが多い。

その翌日、上条は開虹ダンジョンへ行って、オークナイト狩りをした。魔装魔法は使わずに『サンダーボウル』と『ブレード』だけで倒す。

魔装魔法は、魔法を起動するために多めの魔力を消費する。その代わりに魔法の効力が続く間は、複数の魔物を倒す事ができる。魔物の群れや手強（てごわ）い魔物と戦う場合に、絶大な威力を発揮するのが魔装魔法なのだ。なので、上条のような冒険者が一匹のオークナイトと遭遇（そうぐう）した場合には、どの魔装魔法を使うかで迷うのが普通だった。

「以前は、どの魔装魔法を使うかで悩んだが、今は悩む必要がなくなった。生活魔法の事を教えてくれた峰月には感謝しなきゃな」

上条は十二匹のオークナイトを狩り、魔法レベルが『7』になった。七重起動が使えるようになったので、セブンスプッシュやセブンスブレードなどの練習を始める。C級冒険者である上条は、異常なほどの早さで生活魔法の魔法レベルが上がるのを不思議だとは思わなかった。体内に蓄積（ちくせき）されている大量のD粒子と膨大な魔力量が影響して、魔法レベルが上がりやすくなっているのだと知っていたからだ。

オークナイト狩りをした翌日、上条が開虹ダンジョンへ行くとE級冒険者チーム『戦場の牙』が待っていた。攻撃魔法使い二人と魔装魔法使い一人のチームだ。

「おはようございます。今日はよろしくお願いします」

礼儀正しい冒険者のチームのようだ。三人とも二十代前半だろう。攻撃魔法使いは木村省吾（きむらしょうご）、石井（いしい）めぐみ、魔装魔法使いが陣内和哉（じんないかずや）だと自己紹介した。

「ああ、よろしく」

上条はダンジョンハウスで着替えてから、『戦場の牙』と一緒にダンジョンへ潜った。中級ダンジョンの一層から五層までは、『戦場の牙』に任す事にした。魔力を温存するという事もあるが、『戦場の牙』の実力を知りたかったのだ。苦労しながらもアーマーボアを倒したので、E級になりたてという事でもないようだ。

「E級になって、どれくらいになるんだ？」

「一年くらいになります」

『戦場の牙』のリーダーである陣内が答えた。E級になって一年。これくらい戦えるのなら標準だろう。短期間でD級になった人物を思い出した上条は、あれは例外だと考えた。六層から上条も参戦した。上条がリザードソルジャーをクイントブレードで倒すと、陣内が不思議そうな顔をする。

「上条さん、今の魔法は魔装魔法じゃないですよね」

「ああ、生活魔法だ」

「冗談でしょ。生活魔法に、そんな魔法はなかったはず」

「新しく発見された生活魔法だ。ここ一ヶ月ほどは生活魔法を修業していたんだ」

「そうなんですか。生活魔法を……」

　陣内たちは、生活魔法の真価を分かっていなかった。だが、十五層に到着するまでに理解した。生活魔法を使って、上条が魔物のほとんどを駆逐(くちく)したからだ。十五層の中ボス部屋の前に到着。通常十層くらいに最初の中ボス部屋があるものなのだが、この開虹ダンジョンは、十五層に最初の中ボス部屋がある。

「準備はいいか？」

　上条が三人に声を掛けると、三人が頷いた。一緒に中ボス部屋に入ると、その中央にイエローオーガが立っていた。身長が三メートルほどで、腕が長い。その手には鉄製の戦鎚(せんつい)を持っていた。上条が陣内たちの顔を見ると、若干青くなっている。上条自身は慣れてしまったが、イエローオーガから強い魔物が放つオーラのようなものを感じているのだろう。

「上条さん、大丈夫ですか？」

「問題ない。君たちは手を出さないでくれ」

　上条の戦い方は接近戦になるので、フレンドリーファイアーが怖い。背後から味方に攻撃されるのだけは回避したいのだ。上条は攻撃重視の『パワータンク』ではなく、防御重視の『コスモガード』を発動した。イエローオーガが咆哮（ほうこう）を上げ、戦鎚を振り上げて襲い掛かってきた。上条はセブンスプッシュを三橋師範から習った掌打プッシュとして放った。その一発でイエローオーガの突進が止まった。だが、ダメージを与えた訳ではなく止めただけである。

「セブンスプッシュも有効だな」

上条はセブンスプッシュを連打する。当たるたびに巨体を持つ魔物が一歩ずつ後退する。それに怒ったイエローオーガが両腕を顔の前で交差させ防御の姿勢で前に出る。上条は跳び込んでがら空きの腹にセブンスブレードを叩（たた）き込（こ）んだ。イエローオーガの腹筋にV字プレートが食い込み深い傷を負わせる。その瞬間、イエローオーガが苦痛の叫びを放ち、上条が顔をしかめた。致命傷ではなかった。黄色の角を持つオーガは、血を流しながら反撃した。上条に向かって戦鎚を振り下ろす。上条は余裕で躱（かわ）す。魔装魔法だけで戦っていた時ほど間合いが近くないので、簡単に躱せたのだ。

「この戦い方はいい」

上条はニヤッと笑って戦いを続けた。その後もセブンスブレードで攻撃し、V字プレートがイエローオーガの首を薙ぎ払った瞬間、勝負が決まった。

中ボスのボスドロップは、聖銀製の脛当（すねあ）てと中級治癒魔法薬だった。脛当ては数千万、中級治癒魔法薬は数百万の価値がありそうだ。上条としては残念な事が一つある。中ボスを倒せば、魔法レベルが上がるんじゃないかと期待したのだが、上がらなかった。直前に魔法レベルが『7』に上がったばかりなので、さすがに無理だったのだろう。

　上条がイエローオーガを倒した日、俺は水月ダンジョン十五層の草原エリアへ行って巣穴探しを続けていた。広大な草原の中に上条から聞いた条件に当て嵌まる場所が十三ヶ所ある。その一つずつをチェックして回っているのだが、時間が掛かっていた。今日は八つ目の場所を探し始めた。その場所には小さな丘があり、周りに二メートル以上ある草が生い茂っている。

「今日も空振りかな」

　そう言った時、獣道を見付けた。もしかしてと思い獣道を丘の方へ進む。ついに巣穴を見付けた。俺は大声で叫びたくなるのを堪え観察する。それは直径二メートルほどの大きな穴で、入り口付近には熊の足跡みたいなものがある。俺は『センシングゾーン』を発動し、巣穴の内部を探った。精神を研ぎ澄ましてD粒子の動きを探ると、期待していたものと危惧していた事が分かった。巣穴の中にアーマーベアが居たが、三匹だったのだ。

「二匹は覚悟していたけど、三匹か……どうするかな？」

　俺は巣穴の構造を調べた。入り口から左側に少しずつ曲がりながら奥へと続いている。巣穴の入り口から狙えるアーマーベアが一匹だけいた。一番右側に居るアーマーベアである。そいつを最初に倒す事にする。巣穴に近付きマジックポーチからドーナツのような銅のリングを取り出した。これは金属工場に頼んで作ってもらったものだ。単なる銅リングだが、『ヒートシエル』に使うには最適だった。

発動すると、D粒子製のボウルの中に空気が吸い込まれ圧縮される。そこに銅リングを投入するとD粒子が砲弾状に変形。巣穴の中に居るアーマーベアを目掛けて撃ち出した。D粒子シエルが本物の砲弾のように穴の中を飛翔し、一匹のアーマーベアに命中。その瞬間、内部で超高熱が発生し砲弾の前部にある銅リングを溶かし液体化する。圧縮された空気も超高熱で熱膨張を開始、急激に膨張しプラズマ化した空気が爆轟波となって液体化した銅を砲弾の先端部へと弾き飛ばしメタルジェットとして前方に噴出させた。

ドゴォンと地面が揺れる爆発が響き、強烈な爆風が巣穴から噴き出してきた。俺は必死で耐え、巣穴に神経を集中する。その巣穴からアーマーベアが走り出てくる気配を感じて後退した。巣穴を飛び出し襲い掛かってきたアーマーベアに、クイントオーガプッシュを叩き付ける。回転しながら衝突したオーガプレートが、アーマーベアの鼻を潰して弾き飛ばした。

その時、俺に隙ができたのだろう。もう一匹のアーマーベアが襲い掛かってきた時、反応が遅れた。危険を感じた俺は、反射的に一番使い慣れているセブンスプッシュを放っていた。セブンスプッシュが、アーマーベアの顔に当たり一瞬だけ動きを止めた。クワッドカタパルトを発動し、身体を真上へと飛ばす。身体が投げ上げられた直後に、アーマーベアの爪が襲い掛かり、俺が立っていた地面に大きな傷跡が出来た。

魔法が解除され落下が始まる寸前に、アーマーベアに向かってセブンスハイブレードを放った。その一撃がアーマーベアの肩に命中し深い傷を負わせたが、致命傷ではない。間合いが近すぎたのだ。

俺はトリプルカタパルトで、もう一度身体を上へと投げた。十五メートルほどの上空で落下を始めた瞬間に『エアバッグ』を発動し体勢を整え、黒意杖を上段に構えたまま下に向かって突撃。黒意杖を振り下ろすと同時に、俺を見上げているアーマーベアに向かってセブンスハイブレードを放った。音速を超えたセブンスハイブレードの先端が、アーマーベアを切り裂き心臓を破壊する。地面に衝突する寸前に『エアバッグ』を発動し着地。クイントオーガプッシュで弾き飛ばしたアーマーベアを捜した。

そのアーマーベアは地面に座って頭を振っていた。クイントオーガプッシュで頭がふらふらするようだ。俺はセブンスハイブレードを叩き込んだ。大型V字プレートはアーマーベアの首を切り裂き、その生命を奪った。

「ふうっ、危なかった。近距離でもアーマーベアを倒せるような魔法が必要なのかな」

俺は『ハイブレード』が間合い次第で威力が落ちる事を考え、新しい魔法の必要性を感じた。

魔石を回収して巣穴に入る。中は暗かったので久しぶりに暗視ゴーグルを使う。魔石が落ちていた。最初に使った『ヒートシェル』は、一匹のアーマーベアを仕留めたようだ。それを拾い上げ、周りを見回す。巣穴の奥に箱が置かれていた。

「これが宝箱か。見た目は宝箱そのままだな」

木製の箱を鉄で補強した形の宝箱である。開けようとして、罠が気になった。中級ダンジョンの宝箱に罠があったという話は聞いた事がない。それでも用心して、宝箱の後ろに回って宝箱を開けた。やはり罠などなかったようだ。前に回って中身を確かめる。宝箱にはオーク金貨十枚が入った袋と二リットルのペットボトルほどの大きさがある『魔石リアクター』が入っていた。『魔石リアクター』というのは、黄魔石をエネルギーに変換する魔道具である。ダンジョンで手に入れた『魔石リアクター』を研究して、人間は黄魔石を電気エネルギーに変換する魔石発電炉を開発した。

但し、人間が開発した魔石発電炉は小型のものでも洗濯機ほどの大きさになった。現代人の科学力を駆使しても小型化できなかったのである。それ故、小型の『魔石リアクター』は貴重なものだった。ちなみに『魔石リアクター』は黄魔石を電気にも変換できるが、本来は魔力に変換するものだ。大きな魔導装置の動力源にもなる。

「中々手に入らないものだよな。換金せずに残す事にしよう」

金には困っていないので、『魔石リアクター』はマジックポーチに仕舞った。俺は地上に戻り、冒険者ギルドへ向かった。日は落ちて周りは暗くなっている。街灯はあるが、昔と比べると少なくなっているという。電気代が高くなっているからだ。歩いても行けるが、疲れているのでバスに乗る。冒険者ギルド前で降りてギルドに入ると、カウンターにカリナの妹であるマリアの姿が見えた。

「今日は、遅かったんですね」

「アーマーベアの巣穴探しをしていたから」

俺はオーク金貨の入った袋をカウンターに置いた。

「巣穴を見付けたんですね。……オーク金貨だけという事は、巣穴に居たアーマーベアは一匹だけだったのですか？」

「どういう事？」

「巣穴に居るアーマーベアの数で、宝箱に入っている宝の価値が変わると言われているのです」

知らなかった。もしかすると、三匹は多かったのか？　俺は運がいいのだろうか、それとも悪いのか？　そんな事を考えながら、俺はオーク金貨の代金を銀行に振り込むように手続きした。

その数日後、魔法庁において生活魔法が話題になっていた。魔法庁の審議官である堀拓朗(ほりたくろう)は、魔法登録課から提出された資料を読んでいた。

「ん、おかしいな。今年に入って新しい生活魔法の登録が増えている。なぜだ？」

堀審議官は、魔法登録課の福田(ふくだ)課長を呼んで事情を聞いた。

「それでしたら、渋紙市という所に住む冒険者が登録しているものです。魔導書を手に入れたのではないかと推測しています」

「推測ではダメだ。確かめてくれ。もし賢者だったら、日本で二人目の賢者という事になるのだぞ」

二人目と言っても、一人目の賢者は数年前に亡くなっているので、現在は日本で唯一の賢者という事になる。堀審議官に命じられた福田課長は、部下を渋紙市へ向かわせた。

アーマーベアの巣穴を発見した翌々日。俺が冒険者ギルドへ行くと、鉄心がニコニコしなが

らチームの仲間たちと話していた。

「ご機嫌ですね」

近付いて声を掛けた俺に、鉄心が笑顔のまま応える。

「おっ、グリム。やったぜ、宝物庫を探し当てたんだ」

「おめでとうございます。期待した通りに、武器があったんですか？」

「ああ、魔導武器が四つだ。ただ『効力倍増』の武器なんで、それほど高価なものじゃない」

『効力倍増』の魔導武器というのは、魔装魔法や付与魔法の効果を倍にするというものなので、その武器だけでは魔導武器としての効果を発揮しない。とは言え、魔装魔法使いである鉄心たちからすれば、最適な武器だった。魔装魔法の『スラッシュプラス』などで武器の切れ味を強化すれば、その効果が倍になるからだ。但し、その効果のせいで他の魔導武器よりは安い。

鉄心はソロではなくチームで行ったので、宝物庫の鍵の番をしていたのは、冥界（めいかい）の番犬ガルムだったそうだ。眷属（けんぞく）のブラックハイエナを大量に召喚されて大変だったらしい。

「アーマーベアの巣穴はどうなんだ？」

「やっと見付けましたよ」

「ソロだとアーマーベアが一匹だけ居る場合が多いんだが、どうだった？」

「それが……」

俺の名前が呼ばれた。振り返るとマリアが立っている。

「支部長が用があるそうです」

「ん、何だろう？」

俺は支部長室に向かった。支部長室には近藤支部長と知らない男が待っていた。

「来たか。座ってくれ」

俺は支部長の横に座った。すると、支部長が男を紹介した。魔法庁の役人で名前は結城(ゆうき)というそうだ。

「何の用ですか？」

「榊(さかき)さんが魔法庁に登録された生活魔法について、質問したいのです。どこで手に入れたものなのですか？」

「どうして、そんな質問を？　何か疑われているんですか？」

支部長が首を振って否定する。

「違うんだ。結城さんは登録した魔法が、魔導書から解析(かいせき)して取り出したものなのか、それとも創ったものなのか調べに来られたんだ」

「俺は不正な事はしていませんよ。どちらでもいいじゃないですか」

結城が愛想笑いを浮かべた。

「そうではなくて、榊さんが賢者ではないかという可能性が出てきたんで、確かめに参ったのです」

「へえー、賢者ね。例えば、賢者だったとすると何か変わるんですか？」

「日本でただ一人の賢者という事になりますので、護衛を付けさせていただきます」

護衛と言うが、本当は監視じゃないか？　嫌だな。

「巻物をたくさん手に入れたという事は考えないんですか？」

「二つか三つならありそうですが、榊さんの場合は五つですからね」

俺はマジックポーチから魔導書を取り出した。それを見た近藤支部長が『やはりな』という顔をする。

「それが魔導書か。初めて見た」

冒険者ギルドの支部長でも、魔導書は珍しいようだ。結城が魔導書に向かって手を伸ばす。

俺は結城に触らせなかった。

「他人に魔導書を触らせる気はない」

俺がはっきり言うと、結城が顔をしかめた。

「ですが、本物かどうか調べないと」

「どうやって、本物だと確認するんです？」

「では、三つだけ魔法陣を見せてください」

俺は『ホール』と『クリーン』のページを見せた。結城は魔法文字が読めるようで、説明文のところをチェックするように読む。偽物は魔法文字で書かれた説明文がでたらめな場合が多いらしい。

「最後に、まだ登録していない魔法があったら、見せてもらえませんか？」

「出し抜いて、先に登録しようなんて事じゃないですよね」

「もちろん違います。それは近藤支部長に証人になってもらいます」

「いいでしょう。それなら、まだ調べていない生活魔法を見せましょう」

俺は魔法レベルが『14』で習得できる魔法陣を見せた。

「これは……チェーンソーのような魔法ですな。確かに新しい魔法です。ありがとうございます。確かに本物の魔導書でした」

結城は納得したらしい。俺は魔導書をマジックポーチに仕舞った。

「はあっ、残念です。榊さんが賢者だったら、世界に対する日本の発言力を大きくできたんですが」

「どういう事なんだ？」

近藤支部長が尋ねた。

「年に一回、政府の代表と賢者が集まる世界賢人会議というのがあるのですが、日本は肩身の狭い思いをしているのですよ」

賢者が居ないから肩身が狭いという事なのだろうか？　俺を除けば、賢者は十一人しか居ないのだから、世界のほとんどの国は賢者が居ないはずだ。

「そうだ、榊さんに協力していただけたので、お礼に魔法庁が発行している教科書を差し上げます」

結城から攻撃魔法・魔装魔法・分析魔法・付与魔法・生命魔法の教科書をもらった。書店では買えないものなので、これは単純に嬉しかった。

結城が去ると、近藤支部長が尋ねた。

「生活魔法には、空を飛べる魔法があるという噂を聞いたんだが、本当なのか？」

「ええ、『ウィング』という魔法です」

「あるのか。誰かに習わせるかな」

「急にどうしたんです？」

「毎年、草原ダンジョンで、迷子（まいご）になる初心者が出るんだ。それを捜すのに、ギルドの職員が駆り出される事がある。その『ウィング』があれば、空中から捜せるんだろ」

「そうですね。でも『ウィング』は、魔法レベルが『8』で習得できる魔法ですよ」

「『8』ぐらいだったら、一年くらいで上げられるだろう」

支部長は本気で、才能のある職員に生活魔法を修業させるらしい。支部長がコーヒーを奢（おご）ってくれた。

「魔法庁というのは、面倒臭いところですね」

「まあ、役所というのは、そんなものだ」

「俺は、あと六個の生活魔法を登録する予定なんですが、また来るでしょうか？」

「いや、来ないんじゃないか。以前に魔導書の発見者が、二十個近くの魔法を登録した事があったからな」

また来るとしたら、二十個以上の魔法を登録した時だろうと支部長が言う。それに結城という役人が、魔導書の生活魔法を登録していただけだと報告書を出すから、もう気にする必要はないという。俺が賢者ではないかと疑われたのは、数多くの魔法を登録したからだ。だが、それは魔導書の魔法陣を解析して取り出したものだと結城が報告書を書けば、当分は疑われないだろう。

俺なら賢者である可能性が消えた訳ではないと報告書に書くだろうが、役人である結城は曖昧な報告書は書けない。そんな事を書けば、何のために出張までしたんだと評価を下げられるからだ。だが、このままどんどん生活魔法を開発し続ければ、賢者だとバレるだろう。その時にはA級冒険者になっておきたい。A級冒険者になると世界冒険者ランキングに入り、国家でも簡単に手が出せない存在となるのだ。

学校から帰ったアリサを、珍しく父親の結城譲が待っていた。

「埼玉の祖父さんが入院した。アリサ、一緒に見舞いに行ってくれないか？」

譲が言う祖父はアリサにとっての祖父であり、譲の父親だった。

「お祖父さんが、入院？　まさか、ダンジョンに行かれたんですか？」

アリサの祖父は、魔装魔法使いである。それもB級になったほどの冒険者だった。その御蔭で結城家は一財産を築き、地方の資産家として有名になった。そのせいか結城の子供は、魔装魔法使いになる事が期待されたようだ。だが、魔装魔法使いの子供が必ず魔装魔法使いになれる訳ではない。B級冒険者にまでなった祖父哲郎の子供は四人、その中で魔装魔法の才能があったのは二人だけで、アリサの父親と末弟の茂樹は才能がなかった。アリサの父親は大学で働くようになり、末弟の茂樹は公務員になって結城家を出た。

急いで着替えたアリサは、マジックバッグだけを持って父親と一緒に駅に向かった。電車に乗ったアリサたちは埼玉の地方都市で降り、公衆電話で迎えに来るように頼んだ。しばらく駅で待っていると父親の実家から迎えの車が来た。電気自動車である。バスなどは魔石発電炉を搭載して、黄魔石を電気に変換しながら走っている。一方自家用車は従来通りのバッテリーから電気を供給してモーターを動かしていた。その車で病院まで行った。祖父の病室に入ったアリサは、意外なものを見て張り詰めていた気持ちが霧散する。どんな大怪我をしたのかと思っていたら、祖父が病室でヒンズースクワットをしていたのだ。

「よう、譲も来たのか。アリサちゃんだけで良かったのに」

譲は哲郎を睨み付けた。

「どういう事だ。重傷だと聞いたんだぞ」

「ふん、周りの連中が大袈裟（おおげさ）に騒いだだけだ。初級治癒魔法薬を飲んで、ほとんど治った」

哲郎はアーマーベアと戦い負傷したようだ。胸を爪で引っ掻（ひか）かれたようだが、アーマーベアを倒した後に自力で地上に戻り救急車で運ばれたらしい。

「お祖父さん、もう引退したんですから、無茶をしないでください」

「そう言うがな。月に何度かダンジョンで狩りをしないと落ち着かんのだ」

その時、ドアが開いてアリサと同年代の大柄な少年が入ってきた。アリサの従兄弟（いとこ）である。

「あれっ、祖父さんは元気じゃないか」

哲郎は少年を見ると、不機嫌な顔になる。

「何だ、健一郎（けんいちろう）か。まだアーマーベアに手子摺（てこず）っているのか？」

「アーマーベアは、特別な武器でないと倒せないんだ。無理言うな」

「ふん、儂（わし）が十八の頃は、アーマーベアなどバンバン倒しておったぞ」

「祖父さんが特別だったんだ。学院の生徒でアーマーベアを倒せる者なんて、ほとんど居ないぞ。それに今じゃ、祖父さんもアーマーベアにやられているじゃないか」

哲郎が不機嫌な顔になる。

「儂はちゃんと倒した。ただちょっと怪我をしただけだ。あああっ、カケルが生きておったら、一緒にダンジョンに潜ったんだがな」

　カケルというのは、二年前に死んだアリサの兄である。アリサが表情を曇らせた。それを見た父親が祖父を睨みつける。

「カケルの事は口にしないでください」

　祖父がアリサの顔を見て謝る。

「すまん、口が滑った。儂が十歳若かったら、水月ダンジョンに乗り込んで、オークキングを倒してやるんだが」

「大丈夫です。オークキングは私が倒します」

　それを聞いた健一郎が馬鹿にしたように鼻で笑う。

「ふん、できもしない事を言うな。分析魔法使いが、どうやってオークキングを倒すと言うんだ」

　アリサが健一郎を睨む。

「私は分析魔法使いじゃなくて、生活魔法使いになったのよ」

「大して変わらねえよ。生活魔法で、どんな魔物が倒せると言うんだ?」

「オークナイトやプチサラマンダーなら、倒した事があるけど」

　健一郎は信じなかった。だが、祖父は嬉しそうに笑う。

「凄いじゃないか。さすが儂の孫だ」

「おれだって、オークナイトやプチサラマンダーなら倒せるぞ」

健一郎が抗議すると、祖父が豪快に笑った。憎まれ口は叩いても、孫は可愛いらしい。

「しかし、アリサちゃんをダンジョンに潜らせて大丈夫なのか？」

哲郎が譲に尋ねた。生活魔法使いが、オークナイトやプチサラマンダーを倒せるという事を本気で信じてはいなかったようだ。アリサが不満そうな顔になる。

「アリサはF級冒険者になって、仲間と一緒にたくさんの魔物を倒しているようなんですが、私は冒険者じゃないんで、大丈夫なのかどうか、本当のところが分からないんです」

譲の不安そうな顔を見て、哲郎が頷いた。

「分かった。儂が一緒にダンジョンに潜って実力を確かめてやろう」

健一郎が口を挟んだ。

「祖父さんだけじゃ心配だから、おれも付いて行ってやるよ」

アリサは溜息を漏らした。冒険者として立派に活動しているのに、家族にも信用されないというのが悲しかった。兄の事もあるので、両親や祖父は心配していたようだ。

哲郎がアリサの使っている装備について尋ねた。説明するとダメだというように首を振る。

「鎧はまあまあだが、武器がダメだ。そんな得物では雑魚ぐらいしか倒せんぞ。儂のコレクションから選ぶといい」

祖父が自分のコレクションを自慢したいのではないかと、アリサは疑った。だが、良い武器があれば欲しいのも事実なので見せてもらう事にする。

アリサの祖父、哲郎は、すぐに退院した。医者はもう一日くらい入院する事を勧めたが、病室で身体を鍛え始めた患者に無理強いするほど馬鹿ではなかった。自家用車で祖父の屋敷に行く。広い土地に豪勢な日本家屋が立っており、庭園まである。車から降りたアリサは、祖父に案内されてコレクションルームに初めて入った。ズラリと飾られている刀剣類や槍、鎖鎌、弓などが目に入る。そのどれもがダンジョン産だという。これほどのコレクションがあるのなら、黒意杖のような生活魔法使い用の武器があるかもしれない。アリサは期待した。

「凄いコレクションですね」

アリサの言葉を聞いた哲郎は、嬉しそうに頷く。

「そうだろう。この中には魔導装備もあるんだぞ」

哲郎が一つずつ説明を始めたので、アリサはチラリと父親の顔を見た。

「父さん、そんな説明より、アリサが使えそうな武器を見せてください」

「おお、そうだった。アリサちゃんが使っているのは、槍だというから……これはどうだ？」

哲郎は重そうな槍を取り出した。

その槍を受け取ったアリサは重すぎると感じた。普段使っている短槍の倍以上の重さがある。

「これは重すぎます」

「そうか、それなら……」

哲郎が別のものを探し始める。アリサはコレクションを見て回る。刀剣類が多いようだ。ケースの中に並べられた武器の中に、一つ奇妙な武器があった。四十センチほどの蒼銀製の柄に、三十センチほどの黒い刀身が付いている武器だ。その黒い刀身を見て、アリサはもしかしてと思った。グリムが持つ黒意杖の材質に似ているのだ。

「お祖父さん、これを見ていい？」

「それは魔導武器だが、使い方が分からないものだぞ。そんなものより、この蛇腹剣はどうだ？」

哲郎が手に持っている奇妙すぎる剣を見せた。剣としても鞭として使える武器らしい。相当扱いが難しいと思うのだが、そこを考えているのだろうか？

「それはやめた方がいい。おれも使ってみたけど、もう少しで怪我するところだった」

後ろで黙って見ていた健一郎が忠告した。

「慣れれば役に立つんだぞ」

哲郎が不服そうに言う。仕方ないという感じで蛇腹剣を仕舞い、アリサが指差した武器をケースから取り出した。哲郎から渡された武器を手に持ったアリサは、意外に軽いのに気付いた。柄の部分がパイプ状になっているのだ。刀身部分は黒意杖と同じく変異したD粒子で出来てい

た。『アイテム・アナライズ』で調べてみると、『万形剣（ばんけいけん）』という名前が読み取れた。

「これは生活魔法使い用の武器です。お祖父さん、これがいいです」

「そんなものでいいのか。他にもっと強力な武器があるぞ」

アリサが目を輝かせてこれがいいと言うと、哲郎がプレゼントしてくれた。健一郎が口をへの字に曲げる。

「贔屓（ひいき）だ。同じ孫なのに」

「それじゃあ、健一郎が選ぶとしたら、どれにする？」

健一郎は厳重に保管されているバスタードソードを指差した。

「だから、ダメなんだ。『メルクールの剣』は、魔法レベルが『15』で習得する『ファイアブレード』が使えないと本当の威力を発揮できない武器なんだぞ」

健一郎の魔法レベルでは、習得できない魔装魔法らしい。という事で、健一郎には武器のプレゼントはなかった。その夜は祖父の屋敷に泊まり、翌日の土曜日にダンジョンへ行く事になった。


翌日になって、近くにある中級の朱門（しゅもん）ダンジョンに三人で潜った。

「今日は五層に居るキングスパイダーを狩りに行こう」

哲郎がそう提案した。キングスパイダーは体長が百五十センチほどある巨大な蜘蛛（くも）である。

硬い外殻を持っており、魔装魔法使いでも倒すのに苦労する魔物だった。ただ火炎系の魔法には弱く、『ファイアバースト』で仕留められる。まずは迷路の一層だった。ゴブリンとビッグラビットに遭遇したが、トリプルアローで仕留めた。二層の湿原エリアでは三匹のリザードマンに遭遇した。アリサはトリプルプッシュとトリプルブレードを駆使して一匹倒した。健一郎の方を見ると、ロングソードで攻め立て喉（のど）を切り裂いて仕留めた。哲郎は瞬殺してアリサたちがどう戦うか見守っていたらしい。

「生活魔法使いか、中々やるじゃないか」

「世間の生活魔法に対する評価が、低すぎるんです」

哲郎が頷いた。そして、健一郎へ顔を向ける。

「なるほど、健一郎より実力は上かもしれんな」

健一郎が不満そうな顔をする。

「そんなはずはないだろ。おれはE級冒険者なんだぞ」

「ふん、ぎりぎりの合格だったと聞いたぞ」

「ぎりぎりでも合格は、合格だ」

アリサはE級の昇級試験を受けようかと思った。先日、試験を受ける資格を認められたのだ。三層の草原エリアではオークと遭遇したが、アリサは瞬殺した。その早さは、B級冒険者であった哲郎と同じほどだった。それを見ていた健一郎は目を丸くする。

「おいおい、祖父さんと同じ瞬殺かよ」

「生活魔法使いは、早撃ちの練習をするからですよ」

「早撃ち……へぇー、そんな練習をするんだ」

「ほう、攻撃魔法使いの中にも、早撃ちの練習をする者も居るが、珍しいんだぞ」

哲郎の言葉を聞いて、アリサは『そうなんだ』と頷いた。

三層と四層は問題なく突破して五層に下りた。五層は森林エリアで、キングスパイダーは森に巣を張って待ち構えているらしい。その巣にブラックハイエナが引っ掛かっていた。その仲間を助けようと多数のブラックハイエナがキングスパイダーに襲い掛かり、巣から引きずり下ろし噛み殺そうとする。しかし、その外殻が硬すぎて噛み砕けない。ブラックハイエナはキングスパイダーを引きずり回し、森の中に放り投げた。

「魔物と魔物が戦うんだな。初めて見た」

健一郎が呟いた。アリサも初めてだったが、その事に驚くよりブラックハイエナが気になった。三十四匹ほど居るブラックハイエナが、アリサたちを襲うのではないかと思ったのだ。案の定、匂いでアリサたちに気付いたブラックハイエナに取り囲まれた。アリサは包囲される前に素早く『オートシールド』と『センシングゾーン』を発動する。哲郎と健一郎も魔装魔法を発動したようだ。祖父がアリサの方に顔を向けた。

「大丈夫か？」

「これくらいは慣れているので、大丈夫です」

ブラックハイエナに囲まれて万形剣を構えた時、昨晩の事が頭に浮かんだ。アリサは祖父からもらった武器『万形剣』を分析し、黒意杖と同じように形を変えられる武器だと分かった。それで黒意杖のように形を変える事で攻撃となる変形パターンを考えた。黒意杖の変形を見ていて分かった事がある。黒意杖は先端部分から剣の形にして伸ばすように変形したので、形を一瞬で変える時も同じように変形する。最初に変形させる時が重要らしい。アリサは変異したD粒子の短剣を先端から螺旋(らせん)状(じょう)に捻(ひね)りながらドリル状に回転させて伸ばした。三十センチの短剣を細長いドリルのように変形させたのだ。アリサが黒意杖のように細剣にしなかったのは、黒意杖で細剣突きをした時に反動が手元に来ると聞いたからだ。ドリルなら反動も少ないだろうと考えたのである。

祖父と健一郎はそれぞれの武器を構えて、ブラックハイエナの群れの中に跳び込んで大暴れしている。アリサは襲ってくるのを静かに待つ。最初のブラックハイエナが飛び掛かってきた。トリプルプッシュで受け止め、万形剣を魔物の頭に向けて頭の中にあるスイッチを押す。短剣だった部分が細長いドリルとなってブラックハイエナの頭を貫通した。反動はほとんどない。非力なアリサでも使える武器だった。万形剣を即座に元の形に戻す。

アリサはトリプルプッシュで突進を止め、万形剣の『ドリル突き』で仕留めるという事を繰り返した。一度に複数の魔物に襲い掛かられた時は、『プッシュ』が間に合わない時もある。

そういう時は、D粒子シールドが自動的に魔物の攻撃を受け止めてくれるので安心だった。アリサは背後にクイントプッシュを放ち、D粒子シールドに攻撃を防がれたブラックハイエナを弾き飛ばす。アリサは、この攻撃に一つだけ不満があった。何も知らない人が見ていた場合、ヒップアタックで魔物を弾き飛ばしたように見えるのである。

六匹をドリル突きで、五匹をトリプルブレードで倒した。最後の一匹と健一郎が戦っている。健一郎は攻撃力と防御力を高める魔装魔法の中で、防御力に比重を置いた『コスモガード』を使っているらしい。健一郎を観察すると、何度かブラックハイエナに噛み付かれたらしい跡が鎧に残っている。だが、身体に纏った魔力の膜で弾いたので無傷のようだ。最後のブラックハイエナが倒され、健一郎が息を切らして座り込む。

「どうした？　これくらいで疲れたのか？」

哲郎が健一郎に声を掛けた。

「五月蠅(うるさ)いな。こんな事なら『パワータンク』を使って、攻撃力を高くするんだった」

哲郎がゆっくりと首を振る。まだまだだと言いたいらしい。

「アリサちゃんは、ブラックハイエナの攻撃を何かで防いでおったらしいが、何なのだ？」

哲郎がアリサに視線を向けて尋ねた。

「あれは『オートシールド』という生活魔法です。目に見えない盾が身体の周りを回りながら、守ってくれるものです」

「ほう、便利なもんだな。健一郎にも習わせたいくらいだ」

どうやら、健一郎は防御が苦手らしい。健一郎が魔石を拾って、こちらに来る。

「祖父さん、キングスパイダーを狩るんじゃなかったのか？」

ブラックハイエナが放り投げたキングスパイダーは遠くに逃げたようだ。

「心配するな。キングスパイダーは一匹だけじゃないから」

その言葉通り、別のキングスパイダーの巣がすぐに見付かった。

「よし、おれが手本を見せてやるよ」

健一郎が言い出した。健一郎の実力を疑う訳ではないが、不安になったので、

「見本は要りません。私が最初に倒します」

とアリサは断ったのだが、哲郎が面白がって健一郎をけしかけた。健一郎のロングソードは蒼銀製であるが、魔導武器ではない。キングスパイダーの外殻は硬いので、同じ場所に何度か斬撃（ざんげき）を当てるか、頭胸部と腹部を繋（つな）ぐ部分が弱点らしいので、そこに斬撃を撃ち込むかである。

弱点を狙うには長い脚が邪魔である。健一郎は跳び込んでは頭に斬撃を放つという事を繰り返し、五度目の斬撃でキングスパイダーを仕留めた。

「祖父さん、どうだ？」

「まあまあかな」

健一郎の動きは素晴らしかった。一瞬で跳び込んで斬撃を放つ様は羨ましいほどだ。ただ蒼

銀は、それほど重い金属ではないので威力が足りないように思える。魔装魔法の『スラッシュプラス』で切れ味を上げられるようになれば、一段と強くなるかもしれない。

「お祖父さん、キングスパイダーは思ったほど素早くないのですね?」

「ああ、大きくなったので、それほど素早く動けなくなったのだろう」

「外殻は硬いようでしたが、雷撃系の魔法はどうなのです?」

「生活魔法には、雷撃系もあるのか?」

「はい、あります」

「だったら、雷撃系の魔法は使用禁止だ。戦いがつまらなくなる」

祖父が理不尽な事を言っている。だが、キングスパイダーに雷撃系の魔法が有効らしい事が分かった。危険な状況になったら、ためらわずに『サンダーボウル』を撃ち込もうと思った。

キングスパイダーを探して森を歩いていると、五メートルほどの高さにある枝に巣を張っているキングスパイダーを見付けた。

「あれを倒してみろ」

哲郎が指示した。本来ならクイントサンダーボウルで地面に落としてから、セブンスブレードで仕留めれば良いのだが、祖父から雷撃系を禁じられている。仕方ないので、セブンスアローで撃ち落とす事にした。

よく狙ってセブンスアローを放つ。その攻撃がキングスパイダーの頭に命中。巣から叩き落

とした。落ちてくるところにセブンスプッシュを叩き込んで、背後にある木の幹へ弾き飛ばす。キングスパイダーは木の幹にぶつかって跳ね返された。そのキングスパイダーにセブンスブレードを叩き込む。それがトドメとなった。アリサが得意とするのは、こういう連続攻撃である。早撃ちを一番熱心に修業したアリサは、息を吐く暇もない連続攻撃を放てるのだ。アリサが祖父に目を向けると驚いた顔をしている。その横には口を開けたまま驚いている健一郎の姿があった。

「……見事だ。健一郎よりも実力は上だな」

祖父はアリサの実力を認めたようだ。

「危なくなったら、雷撃系の魔法を使うかどうかを見たかったのだが、この結果は予想外だ」

哲郎の言葉を聞いて、アリサは口を尖らせた。

「お祖父さん、試すのは構いませんが、理不尽な指示に従って死ぬような馬鹿じゃありませんよ」

「そのようだな。それに過小評価していた事を謝ろう。アリサちゃんの実力を試すには、アーマーボアくらいを指定するべきだった」

祖父がアーマーベアでなくアーマーボアと言ったので、まだ過小評価していると思った。

「でしたら、アーマーボア狩りでもしますか？」

「おっ、いいね。この下の六層にアーマーボアが居るぞ」

健一郎はめげない性格だった。時間があるので、六層に行ってみる事にする。六層は草原エリアでアーマーボアやビッグシープが居る。ビッグシープを避けながら、アーマーボアを探す。広い草原を探し回り、アーマーボアを見付けた。草原を棲み家(すみか)とするアーマーボアの狩りは、『ハイブレード』を習得してからシンプルになった。直線的に襲い掛かってくるアーマーボアに向かって、クイントハイブレードを振り下ろすだけで良かったからだ。祖父が見ている前で一撃で仕留める。

「アーマーボアも瞬殺か。アリサちゃんはD級冒険者に近い実力を持っているのかもしれんな」

3 『流星の門』と新しい魔法

アリサがアーマーボア狩りをしていた頃、俺は近藤支部長に呼ばれて支部長室に来ていた。俺だけではなく、D級冒険者の数人が集められている。D級冒険者の安室波丙が代表して集められた理由を尋ねる。

「神陽ダンジョンの六層で火山が噴火した」

「もしかして、『流星の門』が開くのですか？」

支部長が頷いた。

「知っておったか。そうだ、『流星の門』が開く」

『流星の門』というのは、特別なダンジョンへの入り口だという。その門の内側には宝箱を守る魔物がおり、その魔物を倒すと宝箱に入っている宝物を手に入れられるらしい。俺は近藤支部長に顔を向けた。

「なぜ、俺たちだけが集められたのです？」

「D級冒険者だけが、『流星の門』に入る事を許されているからだ」

『流星の門』は入る者を選ぶのだという。厳密に言えばD級冒険者だけに限られている訳ではないが、これまでの統計からD級冒険者が入れる確率が高く、それも一年以内にD級冒険者になった者が入れるそうだ。俺もD級冒険者になったばかりだから『流星の門』に入れるかもしれない。問題は宝箱の番をしている魔物の強さと宝箱の中身だ。

「攻撃魔法使いはロックゴーレム、魔装魔法使いはサンダーガゼルと戦う事になるそうだ」

サンダーガゼルは鹿に似た魔物で、素早く、頭の角から雷撃系の魔法を放つらしい。ロックゴーレムは文字通り岩で出来たゴーレムで力が強く頑丈な魔物である。

「生活魔法使いは？」

「不明だ」

支部長の答えを聞いた俺は、溜息を漏らす。そうだと思ったのだ。たぶん『流星の門』に挑戦する候補に選ばれた生活魔法使いは、俺が初めてなのだろう。

「それで宝物は、何ですか？」

「ロックゴーレムが守る宝箱には、二億円相当の金塊が入っている。そして、サンダーガゼルが守っている宝箱には、魔導装備の指輪が入っている事が多いそうだ」

当然、生活魔法使いに関するものは分からないという事だ。支部長は俺たちに挑戦するかどうかを尋ねた。サンダーガゼルやロックゴーレムを倒せる自信のある者だけが挑戦するのだろう。問題は生活魔法使いである俺だ。サンダーガゼルやロックゴーレムなら倒せる自信がある。生活魔法使い用の魔物も倒せるのではないか？　詳しい事を支部長に聞くと、『流星の門』の内部でエスケープボールが使えるそうだ。そうならば、勝てない時は逃げられる。俺は挑戦する事にした。俺の他に挑戦すると名乗り出たのは、安室だけだった。俺たちはすぐに神陽ダンジョンへ向かった。

半日ほどで神陽ダンジョンへ到着。すでに数多くのD級冒険者が集まっていた。『流星の門』を試す順番は、到着順という事らしい。『流星の門』に挑戦する整理番号をもらい確認すると、六十四番だった。『流星の門』を初めて見た。通常の神陽ダンジョンに入る入り口の横にオレンジ色の門があり、扉には流星のような模様が描かれている。冒険者ギルドの職員に、六十四番だとどれだけ時間が掛かるか尋ねた。

「そうですね。後二時間ほどは待ってもらう事になるでしょう」

俺はダンジョンハウスで休憩しようと考えた。一応着替えてから、ダンジョンハウスの休憩室で休んでいると、五分置きくらいにギルド職員が整理番号で冒険者を呼んだ。どんな魔物と戦うのかと考えていると、救急車のサイレンが聞こえ怪我人(けがにん)が出たのが分かる。休憩室に居る他の冒険者たちの話を聞くと『流星の門』に挑戦するほとんどの者は、エスケープボールを持っているらしい。挑戦に失敗した者は、着替えると帰っていく。成功した者は冒険者ギルドに連れて行かれるようだ。ついに俺の番号が呼ばれた。『流星の門』へ行き、黒意杖(こくいじょう)を手に持って門の前に立つ。

「扉に片手を当てて、進み出てください」

ギルド職員に言われた通り、左手を扉に当て一歩足を踏み出した。次の瞬間、サッカーコートほどの広さがある空間に出ていた。天井はドーム状になっており、そこから光が降り注いでいる。地面は踏み固められた黒土だ。そして、その中央に魔物が居た。馬の首から上が人間の上半身となっているケンタウロス族だ。鎧を装着しており、手には槍を持っている。

「ケンタウロスか。記憶にない魔物だ」

どんな攻撃をしてくるのか分からないので、いつでも『オーガプッシュ』で迎撃できるようにする。同時に『オートシールド』を発動し、黒鱗鎧のスイッチを入れる。ケンタウロスは俺に鋭い視線を向けたまま、槍を後ろに引いた。あれは槍投げの……うわっ、投げた。俺は横に跳んで避けた。槍は五十センチほど横を通り過ぎて、地面に突き刺さった。チャンスだと思い間合いを詰めようとする。その時、投げた槍がゴム紐でも付いていたかのように、ケンタウロスの方へ飛んで行きキャッチされた。魔導武器だったようだ。

ケンタウロスがニッと笑って、驚くべき脚力を使って飛び掛かってきた。ヤバイと思いクイントカタパルトを発動する。D粒子リーフが俺の身体を摑み、右斜め上に投げ上げた。槍を突き出したケンタウロスが空振りし、空中を飛んでいる俺に視線を向ける。まさか、そう思った時、ケンタウロスが素早い動作で腕を引き凄まじい速さで槍を投擲した。俺は慌ててクワッドオーガプッシュで迎撃する。クワッドオーガプッシュは槍を弾き返したが、その槍はケンタウロスの手元に戻る。空中でクワッドオーガプッシュを発動した事でバランスを崩して着地に失敗した俺は、多数の擦り傷を負う。それでも素早く立ち上がってセブンスジャベリンをケンタウロスに向けて放った。そのセブンスジャベリンをケンタウロスが槍で弾いた。

嘘だろ！ セブンスジャベリンは存在感はあるが、目には見えないはずだぞ。ケンタウロス

はD粒子が見えるか感知できる能力を持っているのかもしれない。生活魔法使いにとっては厄介(やっかい)な魔物だ。俺は連続攻撃を仕掛ける事にした。ケンタウロスの周囲を駆け回りながら、セブンスジャベリンを三連発する。ケンタウロスは、飛んでくるセブンスジャベリンに向かって素早く槍を払って弾いた。その槍術(そうじゅつ)の技量に、俺はゾッとする。『ジャベリン』が通用しないと分かり、クイントハイブレードで横に薙(な)ぎ払(はら)う。ケンタウロスは跳躍(ちょうやく)して飛び越えた。空中に浮かぶケンタウロスにセブンスオーガプッシュを叩(たた)き付ける。ケンタウロスは両手で槍を持ち、セブンスオーガプッシュを受け止めようとした。だが、高速で回転するオーガプレートは槍を弾き飛ばし、馬体を斜め上にかち上げる。

　空中で一回転半したケンタウロスは、背中から地面に落ちて呻(うめ)き声(ごえ)を上げた。チャンスだと思った俺は、セブンスハイブレードを倒れている魔物の真上から叩き込む。ケンタウロスが必死で地面を転げ回って、セブンスハイブレードを避けた。そして、立ち上がり鬼の形相で俺に向かって迫る。その胸にはオーガプッシュで刻み込んだ傷跡があり、血が流れ出していた。

　ケンタウロスの手に槍が戻っていた。飛ぶように駆け寄ってきたケンタウロスが、連続で槍による攻撃を放つ。突き、突き、払い、突き、その凄まじい突きの攻撃はD粒子シールドや黒鱗鎧の防御があっても安心できないように思えた。

　俺は必死で攻撃を躱(かわ)した。三橋師範(みつはししはん)との修業がなければ、攻撃を受けていたかもしれない。ケンタウロスの攻撃が途切れた瞬間、セブンスオーガプッシュを放つ。またケンタウロスが宙を舞った。今度は地面に叩き付けられる前に、セブンスサンダーアローを放つ。それがケンタウロスの尻に命中して、落雷したかのような轟音と火花を散らす。倒れたケンタウロスは死んではいなかった。無事な前足で立ち上がろうと藻掻く。俺はセブンスハイブレードを叩き込んでトドメを刺した。ケンタウロスの首が切断され、その姿が空中に溶けるように消えた時、どこからか宝箱が現れた。しかも二つである。

一つの宝箱には、魔法文字が書かれていた。『最初』という意味を現す魔法文字だ。もしかすると生活魔法使いが初めてケンタウロスを倒した褒美なのかもしれない。俺は宝箱を開けた。その中には一つの巻物が入っていた。巻物を取り出して開いてみると魔法陣のようなものが描かれている。それを見た瞬間、自動的に賢者システムが立ち上がった。賢者システムは巻物の魔法陣みたいなものから情報を吸い上げているようだ。吸い上がった情報が賢者システムに追加され、『D粒子一次変異』という情報グループの他に『D粒子二次変異』というものが出来ていた。

『D粒子二次変異』と言えば、〈不可侵〉とか〈貫通〉という特性を思い出す。但し、それらの特性は新しい魔法を創造する時には使えなかった。特性の名前だけが分かっていてもダメなのである。しかし、今回は巻物から情報を得て使えるようになった特性がある。その特性は〈貫穿〉というものだ。たぶん〈貫通〉と同じようなものだろう。

「これで『D粒子二次変異』を使った生活魔法が、使えるようになったという事か」

ちょっとワクワクする。早く『D粒子二次変異』を使った生活魔法を創りたくなったが、その前にもう一つの宝箱を確かめなければならない。俺はもう一つの宝箱を開けた。これが本来の生活魔法使い用に用意された宝物なのだろう。中に入っていたのは、食卓塩の容器に似た形の魔道具だった。それを拾い上げた瞬間、俺は外に放り出された。気が付くと目の前に冒険者ギルドの職員が立っていた。

「大丈夫ですか？」

「ええ、大丈夫です」

ケンタウロスの槍から逃げ回った時に出来た擦り傷以外の怪我はない。

「では、魔物に勝たれたんですか？　それともエスケープボールを？」

「ちゃんと勝ったよ」

「おめでとうございます。詳しい事を知りたいので、冒険者ギルドへ来てもらえますか」

俺はシャワーを浴びて着替えたかったので、一度ダンジョンハウスへ入った。シャワー室へ行くと一緒に来た安室がシャワーを終えて出てきたところだった。安室の濡れた髪を見て目を逸らした。まだ若いのに額がやけに広くなっている。このままいけば、後頭部まで額が広がるのではないか？　そして、丸顔の安室波丙。

「波丙さん、宝物は手に入れられましたか？」

「いや、ダメだった。サンダーガゼルが素早すぎて、攻撃を当てられなかったんだ」

サンダーガゼルと戦ったという事は、魔装魔法使いだったのだ。魔力が尽きそうになったので、エスケープボールで脱出したという。

「そっちはどうだったんだ？」

「運が良かったのか。魔物を倒す事ができました」

「おめでとう。それで魔物は何が出たんだ？」

「ケンタウロスです」

その時、ギルド職員が急ぐように促したので、話を切り上げてシャワーを浴び着替えて外に出た。

◆◆◇◇◆◆◇◇◆◆

グリムが『流星の門』に挑戦する少し前。

Ｃ級冒険者の上条は、生活魔法の修業を続けながら冒険者としての活動を続けていた。但し、その活動はソロで行っている。上条の所属するチーム『森羅万象』が、神陽ダンジョンから戻って来ないのだ。と言っても、心配はしていなかった。目的のものが中々見付からずに探索が長引く事はよくあったからだ。その間に生活魔法を修業した上条は、魔法レベルを『8』に上げ『ハイブレード』と『ウィング』を習得した。鞍も先に注文したので所有している。空を飛ぶ準備ができたという事だ。飛行練習を楽しむ一週間が経過した。その頃になってもチームからは何の連絡もないので、さすがに心配になる。

上条は神陽ダンジョンがある黒澤市(くろさわし)へ向かい、冒険者ギルドでチームについて尋ねた。

「神陽ダンジョンでは、トラブルが発生しており、中に居る一部の冒険者と連絡が取れなくなっているのです」

ギルドの職員が説明した。

「どんなトラブルなんだ？」

「六層にある火山の噴火です」

上条は聞いた事があった。神陽ダンジョンにある火山は一年か二年に一度噴火して、溶岩が流れ出し六層が通り抜けられなくなるのだ。但し、それは十日ほどで収まり、また通れるようになると聞いた。

「後何日ほどで戻ってこられるんだ？」

「そうですね。三日以上掛かると思います。ところで、上条さんは攻撃魔法使いでしょうか？」

「いや、私は魔装魔法使いだ。それがどうした？」

「『フライ』が使えるのなら、食料と水を運んでもらおうかと思ったのです」

「攻撃魔法使いなら、ギルドに居るだろう」

「溶岩の流れている区画が広いので、魔力量の多い攻撃魔法使いでないと渡れないようなのです」

一人乗りのヘリコプターが使えないのかと提案すると、この市には所有者が居ないそうだ。他から探して借りてくるという事になると、時間が掛かるらしい。上条はどれほど飛べれば溶岩地帯を渡れるのか尋ね、答えを聞いて、

「私が運んでやろう」

「『フライ』が使えるのですか?」

「違う。生活魔法の『ウィング』が使えるのだ」

ギルドの職員は初めて聞く魔法だったらしい。当然だろう。まだ魔法庁にも登録されていない魔法なのだから。

「少しお待ちください。支部長を呼んで参ります」

支部長の肘方(ひじかた)が来て、どうやって飛ぶのか確かめたいという話になった。上条は一緒に訓練場へ行く。そこでは、数人の冒険者が訓練をしていた。

「生活魔法の『ウィング』というのは初めて聞くのだが、どういう魔法なのか、教えてくれないか」

肘方支部長が上条に頼んだ。上条は『森羅万象』が関わっているので承知した。マジックバッグから鞍を取り出して、『ウィング』を発動する。現れたD粒子ウィングを見て、肘方支部

長は何だろうという顔をする。上条が鞍を取り付けて乗ると、驚いた顔に変わった。上条は上昇し訓練場をぐるぐる周回して、支部長の前に戻った。

「納得してもらえたかな？」

「もちろんです。凄いですな。これが生活魔法ですか」

すぐさま上条と支部長は、神陽ダンジョンへ潜（もぐ）った。ダンジョン前に大勢の冒険者が集まっていたが、上条はあまり気にしなかった。上条のマジックバッグの中には、水と食料、それに防火靴（ぼうかぐつ）が収納されている。溶岩地帯が完全に冷えるまでは時間が掛かるので、防火靴を履いて戻るという事だ。ちなみにD粒子ウィングで冒険者を運ぶという案は、上条が却下した。経験の浅い『ウィング』で無理をするのは危険だと判断したのである。

六層への階段を下りると、熱気を感じた。目の前には火山から流れ出た溶岩の川が横たわっている。幾筋もの溶岩の川が広範囲を覆っていた。溶岩が流れていない土地も、溶岩の熱で高温になっている。

「よろしく頼む」

肘方支部長の言葉を聞いた上条は『ウィング』を発動した。D粒子ウィングに鞍を付けて跨（また）がった上条は、溶岩の上を飛び始めた。溶岩の川を渡りきった時、冒険者らしい集団が地上で上条を見詰めているのに気付いた。上条が着地すると『森羅万象』の仲間たちが駆け寄ってきた。

「上条、空を飛ぶ魔装魔法なんて、初めて見たぞ」

リーダーである来栖(くるす)が、『ウィング』を魔装魔法と勘違いしたようだ。

「これは魔装魔法じゃなくて、生活魔法だ。一ヶ月くらい前に生活魔法を修業すると言っただろ」

「そうだったけど……生活魔法か。これがあるから修業すると言ったんだな」

上条は苦笑した。生活魔法に対する認知度は、まだまだ低いようだ。

「何で、あんたが来たんだ?」

上条の代わりにチームに入った下根(しもね)が質問した。

「ここの支部長に頼まれた。水と食料、それに防火靴を運んできたぞ」

上条はマジックバッグから、冒険者ギルドから預かった荷物を取り出して、冒険者たちに渡した。

「食料は、まだ残っているが、水が少なくなっていたんだ。ありがたいぜ」

冒険者の一人が言った。冒険者の中には生活魔法の才能がある者も居るはずだ。なのに、生活魔法の『ウォーター』を習得した者は居なかったのだろうか?『ウォーター』は空気中の水分をD粒子が集めて水にする魔法で、コップ一杯分くらいの水しか作り出せないが、あれば便利なはずだ。C級冒険者のほとんどがマジックバッグを持っているので、不要だと思っていたのだろう。

「ところで、探索は成功したのか？」

上条が来栖に確認すると、渋い顔をされた。失敗だったようだ。

「三十層の中ボス部屋で、レッドオーガに勝てなかった」

上条は首を傾げた。レッドオーガなら仕留めた事があったからだ。強敵だったが、チームで協力してレッドオーガを弱らせ、最後に上条の〈魔導無効〉の効果を持つ脇差でトドメを刺したのだ。

「なぜだ？　前に倒した事があっただろう」

「下根が最後のトドメに失敗した。自慢していた『スラッシュプラス』の斬撃が、レッドオーガの防御力を超えられなかったのだ」

オーガ種族は、魔装魔法使いが使う『スティールガード』のように防御用の魔力を身体に纏い防御力を上げている。

「五月蝿い、ちょっと調子が悪かっただけだ」

下根の顔が赤くなっていた。レッドオーガには特別な武器が必要だったのだ。上条は冒険者たちの話を聞いてから、戻る事にした。支部長に届けた事を報告して地上に戻る。

「何で、こんなに賑やかなんだ」

ダンジョンに入る時も大勢の冒険者が居たが、戻った時は倍ほどに増えていた。

「ああ、これは『流星の門』を試しに来たD級冒険者たちだよ」

「そうか、聞いた事がある」

上条自身は『流星の門』に挑戦した事はなかったが、話だけは聞いている。その集まった冒険者の中に、上条は意外な人物を見付けた。

「グリム先生」

急に名前を呼ばれた俺は、周りを見回した。上条の姿を見付けて手を上げる。

「どうして、ここに居るんです？」

「私のチーム『森羅万象』が、ここに居るんだ」

「チームで神陽ダンジョンを攻略しているんですか？」

「いや、私が帰る前に、チームは神陽ダンジョンへ攻略に向かったので、別々に行動している」

俺たちが話していると、上条の横に居る冒険者らしい人が口を挟んだ。

「知り合いらしいが、誰なのだ？」

「私の生活魔法の師匠ですよ。ところで、グリム先生は『流星の門』ですか？」

「魔物を倒して戻ったところです」

「さすがですね。生活魔法使いとしては、初めてだったんじゃないですか？」

「そうみたいです」

「ちょっと待て、彼は生活魔法使いなのに、『流星の門』に挑戦して魔物を倒したのか？」

その時になって上条が、横に居る人が肘方支部長だと教えてくれた。俺と上条は冒険者ギルドの車で一緒にギルドへ行く事になった。冒険者ギルドに到着して支部長室に案内される。それから『流星の門』の内部で、どんな魔物と戦ったのかを報告した。

「ふむ、ケンタウロスか。投げた槍が戻って来る魔導武器というのは厄介だな。魔物に関しては分かった。それで宝物は何だったのかね？」

支部長の質問で、俺は手に入れた食卓塩の容器のような魔道具を見せた。これを手に持つと頭の中にスイッチのようなものが生じるのだが、何の魔道具か分からないので試していない。

「調べてみよう」

支部長が『アイテム・アナライズ』が使える職員を呼んで調べさせた。

「これは『D粒子収集器』ですね。周囲のD粒子を集めて貯蔵し、必要な時に放出する魔道具です」

それを聞いた俺は喜んだ。生活魔法の多重起動は、実戦において七重起動が限界である。その原因の大きな部分は、D粒子を集める事に魔力を大量に消費するようになるからだ。そのD粒子を事前に集められるのなら、八重起動や九重起動も実戦で使えるようになるかもしれない。

ただ容器が小さいので、どれほどの量を集められるのか分からない。

「生活魔法使いにとっては、非常に有益な魔道具だという事だな」

支部長はそう言ったが、どれほど有益か分かっていないようだ。まあ、仕方ないだろう。俺は〈貫穿〉の魔法陣らしいものについては一言も話さなかった。賢者システムに関係する事だからだ。支部長室を出ると上条が待っていた。


「終わったのなら、少し話をしよう」

打ち合わせ部屋にコーヒーを持ち込んで話し始めた。

「へえー、その魔道具はD粒子を集めるものだったのか。という事は、ナインスハイブレードも実戦で使えるようになるかもしれないんだな」

「試してみていないので、絶対にとは言えませんけど」

「だったら、試してみよう」

「どこで試すんです？」

「ここの訓練場は広いんだ。それに訓練場の中央に大きな岩がある。試すにはちょうどいいだろう」

俺たちは訓練場へ行った。それを見た肘方支部長が付いてきた。

「何をするんだ？」

「手に入れた魔道具を試そうと思って」

「そうか。なら、見物させてもらおう」

本当に広い訓練場だった。渋紙市のギルドより五倍ほど広いだろう。その中央に標的として使っている大岩があった。高さが五メートルほどある大岩が三つ並んでいる。その大岩は削れたり焦げたりした跡が残っている。攻撃魔法を放った跡だ。

「まず、私がセブンスハイブレードを使って、どれほど大岩が頑丈か試そう」

上条が脇差を抜くと上段に構える。その後ろでは、何が起きるのか楽しみだという顔で支部長が見ていた。振り下ろされた脇差がセブンスハイブレードを発動させ、大気を切り裂く音がして大型V字プレートが標的の大岩に命中する。大岩に五十センチほどの切れ目が入り、音速を超えた事で生まれた衝撃波が大岩にぶつかり揺さぶった。それだけでなく、轟音と爆風が俺たちに襲い掛かった。支部長は予期していなかったので、爆風でよろめいて尻餅をついた。訓練場に居た冒険者たちも、轟音に驚いて寄ってくる。上条が納得したように頷いた。

「こんなものかな」

「お見事です。発動がスムーズでしたよ」

俺は上条のセブンスハイブレードを褒めた。

「支部長、何が起きたんです？」

冒険者の一人が尋ねた。支部長が顔を強張らせて起き上がった。

「何でもない。威力のある魔法を試しただけだ。大岩から離れていろ。それから、君たち。事前に威力を教えておいて欲しかったですね」

「すみません。次の魔法は今回以上だと思います」

俺が言うと、支部長は後ろに下がった。D粒子収集器の集積スイッチを入れた。すると、周囲のD粒子がD粒子収集器の中に吸い込まれていく。二分ほどで吸い込みが終わる。

「D粒子を吸い込むのに、二分ほど掛かるのか」

それを聞いた上条が、ちょっと不満そうに頷いた。時間が掛かりすぎるのだ。それでは戦いの最中に使えるのは、一度くらいだろう。

「それじゃあ、ナインスハイブレードを試します」

右手で黒意杖を上段に構え、左手にD粒子収集器を持つ。D粒子収集器の解放スイッチを入れる。集積されていたD粒子が一気に放たれた。すかさずナインスハイブレードを発動。普通なら大量の魔力が消費されるのに、今回はセブンスハイブレードと同じだけの魔力しか消費されなかった。それに発動が早い。

空中に生まれた巨大なD粒子の刃は、轟音を発して振り下ろされた。音速の三倍ほどになったD粒子の刃が、標的である大岩に食い込んで真っ二つにした。それでも勢いが止まらず、地面に食い込み深い溝を刻み込む。衝撃波と爆風が周りに広がり、俺たちを吹き飛ばす。見物していた関係ない冒険者も爆風で飛んだ。地面を転がった俺が、咳(せ)き込(こ)みながら起き上がる。

「鎧を着て試すんだった」

標的にした大岩が真っ二つになり、周りには小さな欠片(かけら)が無数に散らばっている。衝撃波が岩の表面を砕いたのだろう。そして、地面に生じた大きな溝。これほどの威力なら、一撃でスティールリザードを仕留められただろう。十分に切り札になる威力だった。ふと横を見ると上条が目をキラキラさせて、ナインスハイブレードが引き起こした破壊の跡を見ていた。

「その魔道具を、必ず手に入れるぞ」

上条が誓うように言った。D粒子収集器のような魔道具は、同じものが世界のどこかに存在する確率が高いそうだ。使い道が分からずに、コレクターの倉庫に眠っている可能性が最も高いという。

そういうものは、時折オークションに出品される事があるので、オークションの仲買人(なかがいにん)に依頼して探す事もできるらしい。上条は知り合いの仲買人に頼んで探してもらうと言っていた。オークションについて色々と聞いてから、仲間が戻るのを待つという上条と別れて帰る事にする。

俺は電車で渋紙市に向い、戻ったのは九時を過ぎていた。その日は、ベッドに倒れ込むように横になって寝る。

翌日、午前中は何もする気が起きなかったのでテレビを見ながら時間を潰し、昼頃に冒険者ギルドへ行った。『流星の門』に関する報告をするためである。

「グリム先生、支部長が待ってますよ」

カリナの妹であるマリアが、俺を見付けると声を掛けてきた。俺は支部長室へ行き、支部長に昨日の報告をする。

「なるほど、ケンタウロスか。興味深いな」

「初めての魔物なので、倒すのに苦労しました」

「まあ、そうだろうな。だが、雷撃系が有効で、ケンタウロスがどんな攻撃をするのか、分かったのだ。次から挑戦する生活魔法使いは楽になるだろう」

近藤支部長には、D粒子収集器の事も話した。

「D粒子を集める魔道具か。生活魔法使いは、欲しい魔道具なのだろうが……」

換金した場合の値段を考えているらしい。生活魔法使いなら、売るなんて考えないと思う。

『流星の門』の話が終わり、俺は支部長に尋ねた。

「水月(すいげつ)ダンジョンの二十層に中ボスが復活したら、冒険者ギルドではどうするんですか？」

「C級冒険者か、ベテランD級冒険者チームに討伐(とうばつ)を頼む」

「いつ頃、復活しそうなんです？」

「そうだな……あそこの中ボスは、十ヶ月以上経過しないと復活しないから、後三ヶ月は復活せんだろう。オークキングか、アルティメットリザードと戦いたいのか？」

「オークキングと戦いたいんですけど」

「魔導武器狙いか。オークキングは強力な魔導武器をボスドロップするからな」

俺が魔導武器を求めてオークキングと戦いたいのだと、支部長は勘違いしたようだ。

「オークキングに弱点とか、ないんですか？」

「弱点じゃないが、オークキングが使う槍から撃ち出される魔力砲弾は、七発撃つと三秒間撃てない時間があるそうだ」

「その魔力砲弾の威力はどれほどなんです？」

「攻撃魔法の『デスショット』には及ばないが、その七割ほどの威力があると言われている」

支部長は説明してくれたが、よく分からない。どんな魔物なら倒せるか聞くと、スティールリザードは無理だが、アーマーベアなら倒せるだろうという。『オーガプッシュ』で魔力砲弾を防げるだろうか？　難しそうだ。迎撃や撥ね返す事を考えるより、避ける事を考えた方がいいのかもしれない。

『D粒子二次変異』の〈不可侵〉などの特性が使えるようになれば、強固なシールドの魔法を創造できるかもしれないが、今は無理である。ならば、一撃で仕留められるような強力な生活魔法を用意すべきだろう。『ヒートシェル』なら、一撃で仕留められそうだ。しかし、『ヒートシェル』は発動に時間が掛かる。その間にトライデントの魔力砲弾を食らいそうだ。『コーンアロー』並みに素早く放て、『ヒートシェル』ほどの威力がある魔法が理想だ。

「考え込んで、どうしたのだ？」

俺が考え込んでしまったので、支部長が変に思ったらしい。

「どうやって、オークキングを倒すか、考えていたんですよ」

「普通はチーム全員で、少しずつダメージを蓄積させて、最後にトドメを刺すものだ」

「そうですね。参考になりました。考えてみます」

支部長室を出て、資料室へ向かう。そこでオークキングを一撃で仕留める魔法を考えようと思ったのだ。資料室には誰も居ない。椅子に座って考え始めた。まずは『D粒子二次変異』の〈貫穿〉を試してみなければならない。賢者システムを立ち上げて『ジャベリン』に〈貫穿〉の特性を付加してみる。〈貫穿〉の特性を付加した以外は『ジャベリン』という魔法が出来上がった。俺は有料練習場に行って試す事にした。


バスで移動して有料練習場に到着すると、一番小さな練習場を借りた。練習場に入って中を見渡す。コンクリート製の標的などが並んでいる横に、丸太の標的があった。直径三十センチほどの丸太が地面に立てられている。俺は丸太に向かって、新しい魔法を放った。多重起動なしの魔法である。『ジャベリン』と同じなら、丸太に当たった瞬間にD粒子コーンが壊れるはずだ。特殊なD粒子コーンが丸太に命中した瞬間、五センチほど食い込んでから壊れた。たった五センチだが、大きな違いだ。三重起動で放ってみると丸太を貫通した。トリプルジャベリンなら、深さ十センチほどの穴が開くだけで貫通しないのに、かなり威力が違う。

だが、これの七重起動でオークキングが倒せるかというと、威力が足りないように感じた。

そこで大幅に改造を加える。D粒子コーンの円錐形を六角錐に変え、使用するD粒子の量を増やして厚みを増して強度を上げた。それにより魔力消費も多くなる。そして、最後に初速を上げる。

この魔法の名前を『パイルショット』と決定した。形を六角錐にしたので杭のように見えたのだ。それで魔法により形成されたD粒子の形成物を『D粒子パイル』と呼ぶ事にする。大幅改造した事で、習得できる魔法レベルが『11』になった。

『パイルショット』の射程は、約二十メートルである。D粒子パイルの強度を上げた点と初速を上げた事で威力が大幅に増した。多重起動なしの『パイルショット』でも、丸太に十五センチほど食い込むようになった。トリプルパイルショットだと丸太を貫通する事が予測できたので、コンクリートの標的に放った。トリプルパイルショットが、ドゴッと音を立ててコンクリートに命中し深さ二十センチほどの穴を開ける。ただ『ヒートシェル』ほど派手ではない。『ヒートシェル』は爆発も起きるので派手に見えるのだ。

クイントパイルショットが、厚さ一メートルのコンクリートブロックを貫通する。貫通力だけは、凄まじい生活魔法が誕生した瞬間だった。

有料練習場で『パイルショット』を様々な条件で試し、欠陥を洗い出した。軌道が少しだけ右に逸れるようだが、狙いを調整すれば問題ない。完成した『パイルショット』を正式な生活魔法として、賢者システムに登録する。懐中時計を取り出して時間を確かめると、七時を過ぎている。俺は練習場を出て、バスでアパートに戻った。テレビのスイッチを入れると、不動産会社のコマーシャルをやっている。

「そうだ。もっといい部屋に引っ越そう」

翌日、不動産屋に行って部屋を探した。高級賃貸マンションの中から、広めの部屋で水月ダンジョンに近い物件をいくつか見て回り、水月ダンジョンから歩いて五分のマンションに決めた。引っ越しなどで忙しい日々を過ごしていると、季節が冬に変わる。

俺は久しぶりに水月ダンジョンへ行き、十四層の湖エリアに下りて攻略を始めた。C級冒険者の峰月(ほうげつ)と一緒に来た時は、十五層へ下りる階段のある島に直行したので、他の島は探索していない。今回はゆっくりと探索してみようと思う。

D粒子ウィングで一番近い島まで飛ぶ。水面から十メートルほどの高さを飛ぶと、マーマンやブラックゲーターは攻撃してこない。試しに三メートルほどに高度を下げると、水面からブラックゲーターが飛び出して来て俺の足に噛(か)み付こうとしたので急上昇する。

「びっくりした。ブラックゲーターが水中からジャンプできるとは、思ってもみなかった」

イルカのような華麗なジャンプとは違うが、全身の半分ほどを水面上に飛び出させるほどの力があるようだ。一番近い島に着地すると、島の探索を始めた。その島は小さなものだが、小山が二つあり起伏に富んだ地形をしている。俺は左側の小山の中腹に洞穴があるのに気付き、気になったので調査する事に決める。こういう場所に宝箱があるからだ。

山を登り洞穴の前まで行く。入り口は直径二メートルほどあり、中を覗くと真っ暗で何も見えない。マジックポーチから暗視ゴーグルを取り出して掛けると中に入った。洞穴の奥に部屋があった。ドーム状の空間で、真ん中に宝箱が置いてある。その宝箱は蓋が開いていた。どうやら先客が宝物を持ち去ったのだろう。一応宝箱の中を確かめてみたが、空っぽである。ガッカリして洞穴を出て山を下りた。すると、湖畔にブラックゲーターが集まり、俺を待ち構えていた。その中の一匹などは、いつの間にか後ろに回り込んでいる。

五匹のブラックゲーターに取り囲まれた状況はピンチなのだが、俺は『パイルショット』の試し撃ちにちょうど良いと考えた。トリプルパイルショットを正面のブラックゲーターに向けて発動。D粒子パイルは空気を切り裂いて飛び、ブラックゲーターの口に飛び込むと頭部を貫通して湖へ消えた。他のブラックゲーターは何が起きたのか、分からなかったようだ。そのまま近付いてくる。別の一匹に狙いを定めてトリプルパイルショットを放ち仕留めた。二匹が消えた事で攻撃されていると気付いたブラックゲーターは、一斉に襲い掛かってきた。

クワッドカタパルトで身体を真上に投げ飛ばす。十メートルの上空に達した時に魔法が解除されたが、惰性で一メートルほど上昇する。上昇が止まった時、『プロップ』で自分の左手を空中に固定した。左手一本だけで空中にぶら下がるような体勢になった俺は、真下に居るブラックゲーターたちに向かってトリプルパイルショットを二連射する。その直後、『プロップ』の効力が消えて落下を始める。D粒子パイルにより背中に穴を開けられたブラックゲーターは藻掻き苦しんでいる。元気なブラックゲーターは一匹だけになった。もう一度クワッドカタパルトを発動してブラックゲーターから離れた位置に飛翔し、『エアバッグ』を使って着地する。

後ろに回り込んだブラックゲーターが、俺を追って猛烈な勢いで走ってくる。その魔物に向かってトリプルパイルショットを放つ。使いやすい魔法だと感じた。D粒子パイルはブラックゲーターの頭に命中し息の根を止めた。藻掻き苦しんでいるブラックゲーターにトドメを刺す。落ちている魔石を回収してから、島の探索を続ける事にした。

結局、何も見付からず次の島に移動する。その島も空振りで、十五層に下りる階段がある島に飛んだ。小さな島であり、階段の他には何もなさそうだ。普通なら、このまま十五層に下りるのだが、奥にもう一つの島がある。俺はその島に飛んで上空からチェックした。ブラックゲーターの群れが水辺で寝ている。この島にも小山が一つあり、その中腹に洞穴があった。俺は洞穴の傍に着地し、中を確かめる事にした。また暗視ゴーグルを掛けて中に入る。すると、マーマンたちが現れた。俺はクワッドアローを連続で放ち一掃する。魔石を回収しながら奥へ向かい、金の鉱床を発見した。

「へえー、金鉱床があるんだ」

でも、冒険者ギルドの資料には何も書かれていなかった。どうやら金鉱床を発見した者は、誰も報告しなかったようだ。俺は金鉱床に向かってトリプルパイルショットを何発か撃ち込み、金鉱石を掘りやすくしてから鉱石を回収した。マジックポーチに金鉱石を収納して持ち出すと、階段のある島に飛ぶ。階段を下りて、その途中で金鉱石から金を取り出す事にした。階段は魔物が入り込まないセーフティゾーンである。魔力の事が気になったので、チェックすると十分に残っている。俺は『ピュア』を使って金を抽出する。金は砂金という形で取り出され百五十グラムほどになった。

「これでいくらになるんだろう？」

砂金はマジックポーチから取り出したガラス容器に入れ、金を取り出した後の鉱石は捨てる。階段の外は十五層の草原エリアである。広々とした草原には二つの目印がある。一つは斜め右にある岩山、もう一つは斜め左にある林だ。十六層への階段は、その二つの真ん中を奥に進んだ場所にある。

今日は十五層を探索する予定はない。ただ階段から少し離れた場所に、変な形をした岩があったので見に行った。近付いた時、それが岩ではないと気付いた。遠くからは岩に見えるが、レージスパイダーが巣穴を掘った時に掘り出した土を盛り上げたものだったのだ。俺が近付いた事に気付いたのか、巣穴からレージスパイダーが顔を出した。そして、俺を目にすると這い出して駆け寄ってくる。猛毒を持つ魔物なので、近付かせる訳にはいかない。俺はレージスパイダーに向かってトリプルオーガプッシュを放った。

命中したトリプルオーガプッシュは、レージスパイダーを弾き飛ばした。俺はトドメを刺すためにトリプルジャベリンを放つ。レージスパイダーをサクッと仕留めると、懐中時計を出して確認する。

「そろそろ戻らないと遅くなるな」

俺は急いで戻った。地上に戻って冒険者ギルドへ行き、ギルドで魔石を換金する。カウンターで金も換金できるのか尋ねると、ギルドで換金すると損(そん)をすると教えてくれた。ギルドが手数料を取るからだ。換金できる場所を尋ねると、駅前に店があるらしい。そこで換金すると、予想以上の大金になった。

4 交流会

秋が終わり冬になった頃、アリサたちにＥ級の昇級試験を受ける資格が与えられた。

「あたしは昇級試験を受けたいんだけど、どうする？」

天音が皆に相談する。アリサたちは賛成し、冒険者ギルドで昇級試験を受け簡単に合格した。

「何か、拍子抜けしたね」

由香里が言う。天音たちも頷いた。

「でも、相手がオークナイトなんだもの。ほとんど瞬殺よ」

アリサたちはオーク城で宝物庫探しをしている。オークナイトなど狩り慣れていたのだ。とは言え、Ｅ級に変わった冒険者カードを見ると、由香里は嬉しそうな顔になる。

「こんなに早くＥ級冒険者になるなんて」

魔法学院の卒業生は、ほとんどがＦ級冒険者として卒業する。その中でＥ級になる生徒は珍しいのだ。

「由香里や千佳はＥ級になると思っていたけど、あたしたちはＧ級のまま卒業するかも、と思っていた」

天音がそう言うと、アリサが頷いた。

「グリム先生に、生活魔法を教えてもらえなかったら、そうなったかもね」

「私たちも、それは同じよ。Ｆ級くらいにはなったかもしれないけど、Ｅ級にはなれなかったと思う」

千佳が言った。由香里も頷いている。千佳は努力家だが、魔装魔法の才能は大したものではなかった。一方、由香里は攻撃魔法の才能は高かったが、優秀な攻撃魔法使いになろうという意欲が乏(とぼ)しかった。そんな事を話してアリサたちは別れた。

翌日、学院へ行くとカリナから呼び出しを受けた。

「何だろう？」

職員室へ行くと校長室へ行くと告げられ、カリナと一緒に校長室へ行く。話があるのは校長らしい。

「呼び出して、済まなかった」

アリサたちが用件を聞くと、Ｅ級以上の冒険者になった魔法学院の優秀な生徒を集め、交流会を開くそうだ。それに参加してくれというのである。アリサたちがＥ級になったという情報は、冒険者ギルドからもらったらしい。

「黒月(くろつき)先輩も参加されるのですか？」

由香里が尋ねた。鬼龍院(きりゅういん)校長が頷く。

「もちろんだ。学校行事の一つだからね。場所は東京のアメルダ魔法学院になる」

アメルダ魔法学院は、優秀な冒険者を輩出するという事で有名な魔法学院である。その中には全国的に有名な冒険者も居る。そういう冒険者と会って刺激を受けて来いと校長は言うのだ。

「まあ、君たちが刺激を与える事になるかもしれんが、それもいいだろう」

「私たちだけで行くのですか？」

アリサが質問した。

「いや、望月先生が一緒に行く」

カリナがアリサたちに向かって微笑んだ。

「よろしくね。アメルダ魔法学院の校長はグルメだと聞いているから、美味しいものが食べられると思う」

その情報に天音が喜んだ。各学院の代表が得意な魔法を見せるというイベントがあるそうだが、それは黒月に任せる事になった。交流会の日、アリサたちと黒月、カリナは東京へ向かった。その電車の中で、由香里が黒月に尋ねる。

「黒月先輩、イベントでは、どんな魔法を披露するんです？」

黒月がまだ迷っているような顔になる。

「派手な魔法が喜ばれるようだから、『ライトニングボム』か『プロミネンスノヴァ』がいいと思っている」

無難な選択だろう。攻撃魔法には魔法レベルが『9』以内で習得できる派手な魔法というのが意外に少ない。その代わりに魔法レベルが『10』から『15』に派手な魔法が集中している。

アリサは黒月の魔法レベルが『9』なのではないかと見当をつけた。アリサ自身の魔法レベルが『9』なので、攻撃魔法と生活魔法という違いはあっても実力的には変わらないのかもしれない。黒月の魔法レベルがまだ『9』なのには理由がある。『9』から『10』になるのが大変なのだ。中級ダンジョンの中ボスクラスや宿無しなどの特別な魔物を倒さないと上がらないと言われていた。

アメルダ魔法学院に到着。体育館で挨拶があり、軽い食事が振る舞われた。グルメの校長だという話に間違いはなかった。出された料理は美味しくて、天音は目を輝かせる。ここに集まったのは関東を中心とした魔法学院の生徒たちだった。地方ごとに交流会があるらしく、参加校は十四校と意外に少ない。生徒でE級冒険者となる者は希少なのである。その時、一人の生徒が黒月に声を掛けた。引き締まった体格のクールなイケメンという冒険者だ。

「やあ、黒月君。一年ぶりだね」

黒月はその生徒を見てニコッと笑う。ただ口の端が引き攣っているように、アリサには見えた。

「御堂君か、活躍は聞いているよ。凄いね」

アリサたちも御堂の名前を聞いた事があった。最年少でD級になったという冒険者だ。中級ダンジョンの三十層で中ボスのアイスドレイクという魔物を倒したのだ。アイスドレイクはドラゴン系の魔物である。ソロで倒した訳ではなくチームで倒したようだが、それでも快挙だった。他校の生徒たちの視線が御堂に集まっている。

「黒月先輩、紹介してください」

由香里がお願いした。黒月はアリサたちを紹介する。御堂はアリサと天音が生活魔法使いだと聞いて驚いていた。

「君たち、生活魔法使いなのか？　よくE級冒険者になれたね」

アリサは喧嘩を売っているのかと思ったが、渋紙市以外では生活魔法に対する評価は、そんなものだと思い出した。

「御堂先輩、遅れてますよ。次の時代は生活魔法なんですから」

天音が宣言した。それを聞いた御堂が薄笑いを浮かべる。

「僕の意見とはちょっと違うが、覚えておくよ」

アリサは御堂を見ていて卒業した風祭を思い出した。カリナが来て代表者が魔法を披露する順番を伝えた。黒月の順番は一番最後らしい。そして、重要な事は御堂の順番が黒月の直前という事だ。御堂は魔法レベル『12』の攻撃魔法使いだという。黒月の直前に御堂が派手な攻撃魔法を見せれば、黒月が披露する魔法は霞んでしまう。

黒月が顔をしかめた。

「先生、僕より彼女たちの生活魔法を披露した方が、いいんじゃないですか？」

「ん、そうね。アリサさんたちはどう？」

アリサたちは話し合って、生活魔法を披露する事にした。御堂のような勘違い野郎に、生活魔法使いの実力を見せようと考えたのだ。

週刊冒険者の記者である鬼塚エミリは、魔法学院の交流会を取材していた。狙いは最年少でD級になった御堂とアメルダ魔法学院の羽柴直樹へのインタビューである。羽柴は魔装魔法使いである。しかもD級になるのも近いと言われている逸材だ。

「御堂君のインタビューは取れたから、後は羽柴君ね。ん……あれは黒月君か」

一年前に取材した事がある少年の周りに、四人の少女たちが居るのに気付いた。

「黒月君、お久しぶりね」

ちょっと間を置いてから、黒月が返事した。

「……週刊冒険者の記者さんか。一年ぶりですかね」

「ええ、この一年の活躍を期待していたんだけど、どうだったの？」

黒月が困ったような顔をする。

「怪我をして、入院したりしていたので、あまり活躍はしていません」

「あらっ、そうだったの。ここに居るという事は、怪我は治ったんでしょ。活躍はこれからという事ね」

「僕なんかより、彼女たちの方が凄いですよ」

黒月がアリサたちに顔を向けたので、エミリも視線を向ける。アリサたちはどんな魔法を披露するかを話し合っていた。『ハイブレード』とか『ジャベリン』とか聞こえてくる。

「黒月君じゃなくて、彼女たちが魔法を披露するの？」

「御堂君の直後なので、同じ攻撃魔法は何かとやり難いんです。その点、彼女たちなら注目を集めるでしょう」

エミリは四人組の女子生徒なら注目を集めるだろうと思った。たぶん攻撃魔法の生徒なのだろうが、Ｅ級冒険者になれただけでも、大したものなのだ。

「彼女たちは、攻撃魔法使いなの？」

「いえ、彼女たちが使う魔法は、生活魔法です。一部だけ魔装魔法や攻撃魔法を使いますけど、生活魔法中心のチームなんです」

生活魔法と言われてエミリは首を傾げた。生活魔法だと『ピュア』や『リペア』しか思い出せなかったからだ。

「黒月君は、彼女たちに注目しているの？」

「僕なんか、すぐに追い越して上に行くと思いますよ」

「上というのは？」

「Ｄ級やＣ級の冒険者になるだろうと言っているんです」

「生活魔法を使って？　ちょっと信じられないな」

「彼女たちに生活魔法を教えているグリム先生は、Ｄ級冒険者になったそうですよ」

「嘘っ、そんな人が居るの？」

「本当ですよ。凄い生活魔法使いなんです」

「少し興味を惹く存在ね。詳しく教えて」

黒月とエミリがグリムの話を始めた横では、アリサたちと他の学院の女子生徒が話を始めていた。アリサと天音が生活魔法使いだと自己紹介すると変な顔をされる。

「へえー、生活魔法でＥ級になるなんて、凄い。Ｅ級の昇級試験では、どんな魔物が相手だったの？」

攻撃魔法使いの女子生徒が尋ねた。アリサが答えた。

「オークナイトです。ほとんど瞬殺でした」

「瞬殺。ちょっと待って。生活魔法で、どうやって倒したの？」

アリサが新しい生活魔法について説明を始めると、女子生徒たちが集まり始めた。生活魔法は、女性が高い才能を示す事が多いと言われている。集まった女子生徒たちの中にも、生活魔法の才能を持つ者が多いのかもしれない。ちなみに、魔装魔法の才能は男性が多く、攻撃魔法の才能は半々だという。

「ええっ、血吸コウモリに『ロール』が有効なの。……知らなかった。交流会に参加して良かったわ」

その女子生徒は血吸コウモリが苦手だったらしい。アリサたちが教えるばかりではなく、様々な魔物について弱点などを教えてもらった。交流会の主要目的は人脈を広げ、情報を交換する事なので、今回の交流会はアリサたちにとっては成功だった。

交流会も終盤(しゅうばん)に近付き、各魔法学院で魔法を披露する事になった。得意な魔法を披露した後に、珍しい魔法を披露するのが定番のパターンらしい。人数は決まっておらず、持ち時間の三分間で披露できるなら何人でも構わないようだ。今回の交流会は、魔装魔法使いより攻撃魔法使いが多かったようで、披露する魔法は『ライトニングボム』や『プロミネンスノヴァ』が多かった。珍しい魔法については、『プロミネンスノヴァ』の青炎バージョンなどのメイン魔法を改造したような魔法が多いようだ。

魔装魔法使いの場合は、魔装魔法を使って身体能力を上げた後に、演武みたいなものを行う形式である。なので、魔装魔法使いの方が時間が掛かる。注目されているアメルダ魔法学院の羽柴が、『パワータンク』と『スラッシュプラス』を使って丸太の試し斬りを行った。真っ二つに斬られた丸太が転がると拍手が湧き起こる。千佳も拍手していた。御堂の魔法は『デスショット』だった。在学中に魔法レベルが『12』になった事になる。見ていた生徒たちは惜しみない拍手を送った。最後にアリサたちの出番になった。

「さあ、派手に行きましょうか」

アリサが言うと他の三人が笑って頷いた。アリサたちは手に鞍を持って、皆の前に進み出た。

「まずは生活魔法の『ウィング』をお見せします」

D粒子ウィングを出し、それに鞍を付けると跨り飛び上がった。何をしているのかと見ていた生徒たちから驚きの声が上がる。

「あれは『フライ』なのか？　違うよな。生活魔法に空を飛ぶ魔法があったなんて、聞いてないぞ」

そんな声が上がった。最初に二人乗りの天音と由香里が急降下する。天音は急降下に集中し、後ろの由香里が地面に積み上げた標的の土嚢に向かってクワッドジャベリンを連射。土嚢にドスドスとクワッドジャベリンが命中すると、生徒たちから「うわっ」と声が上げる。次に上空を旋回していたアリサが、ゆっくりと降下してセブンスサンダーボウルを放つ。土嚢に着弾したセブンスサンダーボウルは雷が落ちたかのような雷音を響かせ放電の火花を周囲に放った。見ていた黒月は顔を強張らせた。周囲を見ると同じような顔をした生徒たちが大勢居る。

最後は千佳だった。千佳は土嚢に向かって上空を飛翔し、ぴったりの間合いでセブンスハイブレードを放った。音速を超えたD粒子の刃が土嚢を切り裂き、爆風を巻き起こす。見ていた生徒たちにも、爆風が襲い掛かる。距離があったので、それほど強い爆風ではなかったが、生活魔法の威力を十分に感じられた。生徒たちや教師などは、見たものが信じられないという顔をしている。

その後、「うわーっ！」という声がいくつも上がり大騒ぎとなった。アリサたちが着地すると、大勢の生徒たちが走り寄り、『ウィング』について質問を始める。その光景を見ていた御堂は、天音から言われた『次の時代は生活魔法だ』という言葉を思い出した。一方、取材に来ていたエミリは、これは生活魔法じゃないと思った。

「でも、攻撃魔法でも魔装魔法でもないのよね」

イベントとして行われた魔法の披露は、全部で三十分から四十分ほどだっただろう。アリサたちが魔法を披露していた時間は三分ほどだ。そんな短い時間で大勢の若者が生活魔法に対する認識を変えた。アリサたちは生徒たちに囲まれて質問攻めにあった。この瞬間は生活魔法が話題の中心になったのだ。御堂と羽柴は、ちょっと悔しそうな顔をしている。新しい生活魔法をたった一回見ただけだが、アリサたちが見せた魔法は深く記憶に刻まれただろう。だが、この中で何人が、生活魔法を学ぼうと行動を始めるかは分からない。

ただアリサたちにも大きな収穫(しゅうかく)があった。攻撃魔法の『マナウォッチ』と同じような魔法で『マナトレース』という魔法がある。この魔法を使うと魔力を持つ存在が移動した痕跡が見えるようになるらしい。宝物庫の探索に利用できると分かったのだ。その魔力の痕跡を辿れば、隠し部屋などを発見する事ができるという。アリサたちは試してみる価値があると思った。

「由香里、『マナトレース』の習得を頼んでいい？」

「任せて、二日で習得してみせるから」

アリサが頼むと、由香里は即座に引き受けた。渋紙市に戻ったアリサたちは、普通の学院生活に戻った。但し、その学院生活の中には、水月ダンジョンの探索も入っている。

カリナがマンションに帰ると、妹のマリアが料理をしていた。

「ただいま」

「お帰りなさい。疲れた顔をして、東京で何かあったの？」

「生活魔法を東京で披露したら、他の魔法学院の教師たちから色々質問されて、大変だったのよ」

「へえー、そうなんだ。そう言えば、ギルドでも生活魔法を習得させると言っていたけど」

カリナがマリアに目を向けた。

「勉強するの？　その前に才能があったっけ？」

「『D』だけど、ちゃんとあるよ」

「ふーん、苦労しそうね」

「どういう事？」

「D級冒険者だった私が、苦労しているんだから」

マリアは学生時代にE級冒険者になったが、冒険者のプロにはならずギルド職員となった。

「姉さんは、生活魔法をどこまで習得したの？」

「魔法レベルは『7』、『サンダーアロー』まで習得したの。もう一歩で『8』になれるんだけど、中々上がらないのよね」

「じゃあ、私がグリム先生に頼んであげる」

「どうして、そこにグリム先生の名前が出てくるの？」

「生活魔法と言えば、グリム先生じゃない。私もグリム先生に直接習えば、早く上達すると思うのよ」

「それはそうだけど、グリム先生も忙しいんじゃないの？」

「グリム先生は、生活魔法使いを増やしたいみたいだから、協力してくれると思う。私たちが生活魔法を広める事に協力すれば、グリム先生の利益にもなるし喜んでくれるはずよ」

翌日、マリアはグリムに頼んでみた。そうすると、喜んで協力するという。

俺はギルド職員のマリアから、カリナのレベル上げとマリアに生活魔法を教える事を頼まれた。俺は引き受ける事にした。どうやら、他の魔法学院の生徒や教師の前でアリサたちが『ウィング』を使ったので、他校から『ウィング』についての問い合わせが多くなったらしい。それで一刻も早く『ウィング』を習得したいようなのだ。カリナには早く魔法レベル『8』になってもらい、一人前の生活魔法使いなら習得する魔法と決めた十一個の生活魔法を覚えてもらおう。そして、魔法学院の生徒に広めて欲しい。

一方、マリアにもギルド職員代表として教えて、マリアからギルド職員に広めてもらうのが良いと思ったのだ。

次の日曜日、カリナとマリアの二人と合流した。並んだ二人を見ると姉妹だというのがよく分かる。

「グリム先生、よろしくお願いします」

二人と待ち合わせたのは、隣町にある風華（ふうか）ダンジョンである。このダンジョンの十層にある中ボス部屋で中ボスがリポップしたという情報をマリアが教えてくれたのだ。その中ボスはアイアンゴーレムだった。隣町の冒険者ギルドはアイアンゴーレムを仕留められる冒険者を探したが、その時はアイアンゴーレムを仕留められる冒険者は少なかった。アイアンゴーレムは、スティールリザードと同等の防御力と驚くべき剛力を持っている。ただ動きは素早くないので、高い防御力を打ち破るだけの攻撃力があれば倒せる魔物だ。

隣町にアイアンゴーレムを倒せる冒険者が居なかったので、渋紙市に話が来た。それを聞いたマリアが姉のレベル上げに利用できるのでは、と考えたのである。

職権乱用じゃないかと思ったが、渋紙市にもすぐに隣町へ行けるC級冒険者は居らず、D級の中でアイアンゴーレムを倒せるのも俺くらいしか居なかったらしい。結局、マリアが居なくても俺が隣町へ行く事になったようだ。

「マリアさんは、『プッシュ』と『コーンアロー』を習得したんですよね？」

「ええ、習得してきました。でも、生活魔法の魔法レベルは『1』のままです」

「じゃあ、生活魔法で魔物を倒しながら、十層を目指しましょう」

俺たちは風華ダンジョンに入った。一層の荒野エリアでは、マリアにゴブリンを相手に『プッシュ』を使わせる。その後、俺かカリナがトドメを刺した。二層で鬼面ドッグを倒した時に、マリアの魔法レベルが上がった。マリアは元々攻撃魔法使いなのだが、攻撃魔法は一切使わないようにしてもらう。魔力のすべてを生活魔法を使う事に集中させたのだ。三層、四層、五層は俺とカリナで魔物を倒して通過した。十層までの地図は冒険者ギルドから提供してもらったので、迷う事はない。

「グリム先生、少し休みましょう」

一番先に音を上げたのは、マリアだった。ダンジョンへ潜る機会が少なくなったので、体力が落ちていたのだ。それを聞いたカリナが謝った。

「済みません。妹が根性なしで」

「ちょっと姉さん、根性なしはないでしょ。体力が少し落ちているだけよ」

カリナもマリアもE級やD級の冒険者だから、中級ダンジョンでレベル上げができるのだ。これが初級ダンジョンからだと時間が掛かるのである。少し休憩した俺たちは、六層に向かった。六層はアンデッドだらけの廃墟（はいきょ）エリアである。カリナは聖属性を付与された短刀を持っており、マリアも短剣を持っているという。

「そうだ。レベル上げを手伝ってもらうお礼に、アンデッドの倒し方を一つ教えます」

カリナが突然言い出した。

「特別な倒し方なんて、あるんですか？」

「スケルトンナイトの倒し方です。聖属性の武器で腰の仙骨（せんこつ）の部分を突き刺して倒すんです」

そういう倒し方もあるんだと思ったが、頭蓋骨を叩（たた）き割（わ）った方が早そうだ。

「でも、頭蓋骨を割った方が……」

「そういう倒し方をしたスケルトンナイトは、大豆ほどの金の玉を残す事があるんです」

カリナの話では、三回に一回くらいの割合で金の玉が残るのだという。仙骨に聖属性短剣を突き刺して、金の玉か？　金の玉は嬉しいが、突き刺すのが仙骨だというのが微妙に難しい。それに、残るのが金の玉というのも微妙だ。

面白い事を聞いた俺は、試してみようと思った。休憩を終えて六層の奥へと向かった俺たちは、スケルトンソルジャーを仕留めた後にスケルトンナイトに遭遇(そうぐう)した。

「カリナ先生に教わった倒し方を試してみます。こいつは、俺に任せてください」

二人が笑って頷いた。スケルトンナイトはスケイルアーマーと槍(やり)、盾を装備したスケルトンである。その槍の技術は高く、正面から攻撃すると盾で防いでしまう。そこで斜め横からクイントプッシュを頭蓋骨に叩き付けた。『プッシュ』は正面から真っ直ぐ押し出す場合が、一番威力がある。斜め横だと威力が少し落ちるのだが、それでも頭蓋骨を弾き飛ばした。頭蓋骨が無くなったスケルトンナイトは、本能的に頭蓋骨を探そうとするようだ。その背後に回った俺は、用心しながら聖属性付きの聖銀製短剣を仙骨に突き刺す。スケルトンナイトの身体(からだ)がクタッと力を失い地面に倒れる。残念ながら今回は金の玉を残さなかった。三回に一回なのだから、仕方ないだろう。カリナが感心したような顔をする。

「そんな『プッシュ』の使い方があったのね。知らなかった」

「スケルトンという種族には有効なようです」

次にスケルトンナイトに遭遇した時、もう一度試してみた。聖銀製短剣を仙骨に突き刺した瞬間、骨が分解され金の玉が地面に転がった。

「あっ、出た！」

マリアが大声を上げる。カリナの言った事は本当だった。だけど、この事を最初に発見した冒険者は、どんな人物だったのだろう。どんな状況で、聖属性付きの武器でスケルトンナイトの仙骨を刺す事になったのだ？　ダンジョンは奥が深い。


俺たちは六層を抜け七層に下りた。七層は気温四十度の砂砂漠が広がるエリアだ。ギルドからもらった地図によると、階段まで三キロほどを歩かなければならないらしい。しかも起伏が激しい砂砂漠である。俺とカリナは大丈夫そうだが、マリアの体力だと厳しそうだ。そこでマリアはD粒子ウィングに乗ってもらう事にした。『ウィング』を発動してD粒子ウィングを出し鞍を付けると、マリアを乗せる。

「ごめんなさい。これから身体を鍛え直しますから」

「ギルド職員の仕事だと、身体が鈍るのは仕方ありませんよ。でも、鍛え直すのは賛成です」

「グリム先生、この子はダンジョンに潜っていた時も、運動は苦手だったのよ」

「へえー、そうだったんですか」

俺はD粒子ウィングを操りながら砂砂漠を歩いて階段まで辿り着いた。途中で遭遇したサンドウルフとブルースコーピオンは瞬殺した。

八層は湿原エリアだったので、泥濘んだ土地を苦労して進んだ。ここではリザードマンやジャンボフロッグを蹴散らす。マリアもダブルアローで援護してくれたが、あまり役には立っていなかった。

九層に下りると草原エリアだった。カリナがセブンスブレードでアーマーボアを仕留める。魔装魔法を使い身体能力を上げてから、ロングソードよりリーチの長い『ブレード』で攻撃していた。鮮やかなものである。

「生活魔法は、魔装魔法使いと相性がいいのよ」

カリナがそう言った。その手に持つ蒼銀製ロングソードは百二十センチほどで、かなり重そうだ。それを軽々と振り回すのだから、大したものだ。

「でも、生活魔法で攻撃するなら、ロングソードではなく短剣でいいんじゃないですか？」

「そう思うんだけど、短剣だとちょっと不安になるのよ」

C級冒険者の上条とは逆に武器が短いと不安になるらしい。それだけロングソードの間合いで戦っていた期間が長かったという事だろう。九層を最短ルートで攻略した俺たちは、目的の十層に下りた。そこは迷路だった。しかも遭遇する魔物はスモールゴーレムである。迷路に入ってすぐにスモールゴーレムに遭遇した。

「困ったわね。こいつを倒すには、『スタブプラス』と『パワータンク』が必要なのよ。中ボス戦に備えて魔力を温存しとかなくちゃならないのに」

カリナが心配そうに声を上げる。

「それなら、俺が仕留めます」

「中ボス戦があるのよ。魔力は大丈夫なの？」

「胸の中心に穴を開ければ、一撃で仕留められるはずです」

俺は五メートルまで接近させてから、クイントパイルショットをスモールゴーレムの胸を狙って放つ。Ｄ粒子パイルは胸に命中して潜り込み貫通した。スモールゴーレムの背中から飛び出したＤ粒子パイルは、背後の迷路に突き刺さり止まる。

「クイントは必要なかったな」

クワッドパイルショットで十分だったようだ。それから遭遇したスモールゴーレムをクワッドパイルショットで仕留めつつ進む。

「グリム先生、その生活魔法は『ヒートシェル』とは違うのですか？」

カリナが尋ねてきた。

「これは『パイルショット』という魔法です。残念ながら、魔法レベルが『11』で習得できる魔法なので、カリナ先生たちは習得できないと思います」

「そうなんですか。残念です」

カリナとマリアが本当に残念そうな顔をするので、劣化版でも創ろうかという気になった。

それはともかく、俺たちは中ボス部屋の前に到着した。

「ここが中ボス部屋らしいです。慎重に行きましょう」

中に入った時、ドシンという音と地面が揺れるのを感じる。部屋の中央に全長二メートル半ほどのアイアンゴーレムが居た。鉄製だからだろうか、地響きを立てながら迫ってくる様子は、ゴーレムというよりロボットのような感じがする。俺はカリナにセブンスサンダーボウル、マリアにはダブルプッシュで攻撃するように指示した。

カリナは『パワータンク』で身体能力を上げ、アイアンゴーレムの周りを素早く動きながらセブンスサンダーボウルを放ち、マリアは恐る恐るダブルプッシュを放つ。カリナのセブンスサンダーボウルは小さなダメージを与えていたが、マリアのダブルプッシュは全くダメージを与えているようには見えない。

「このままでいいの？　全然効いてないみたいよ」

マリアが不安そうに声を上げた。

「仕留めるのは、俺の役目ですから、任せてください」

俺はアイアンゴーレムの頑丈さをチェックするために、セブンスハイブレードを横殴りに叩き込んだ。D粒子の刃が鉄製の胸に命中して甲高い金属音を響かせ、アイアンゴーレムの重い巨体を転ばせる。カリナとマリアがチャンスとばかりにセブンスサンダーボウルとダブルプッシュを叩き込む。アイアンゴーレムが立ち上がるのに時間が掛かりそうなので、『ヒートシエル』の準備を始めた。

「今から『ヒートシェル』を放ちます」

二人に宣言してから、セブンスヒートシェルを発動する。銅リングを内蔵したD粒子シェルが立ち上がったアイアンゴーレムの胸に命中してメタルジェットを噴き出した。メタルジェットの噴出と同時に起きた爆発が、爆風を俺たちに叩き付ける。俺たちは後退しながら、アイアンゴーレムの様子を確認した。アイアンゴーレムは地面に横たわり弱々しく藻掻いている。その胸には大きなヒビと穴が出来ていた。アイアンゴーレムが身体を捻った時に、穴の奥に金属製の球体が見えた。それがアイアンゴーレムの心臓のような存在らしい。


カリナがチャンスとばかりにセブンスアローを放ち、球体を壊した。それがトドメとなったらしい。鉄製の巨体が消え、カリナとマリアが声を上げる。どうやら魔法レベルが上がったようだ。カリナの魔法レベルが『8』、マリアが二つ上がって魔法レベルが『4』になったという。俺はアイアンゴーレムの防御力は、スティールリザードより一枚上だと認識を改めた。


マリアが俺に顔を向ける。

「グリム先生の魔法レベルは上がらなかったの?」

「数ヶ月前に、魔法レベルが『13』になったばかりだから」

カリナが分かるというように頷いた。

「魔法レベルは二桁になると、簡単に上がらなくなるんですよね」

俺たちはボスドロップが何かを確かめる事にした。アイアンゴーレムが死んだ場所へ行き探すと、マリアが黒魔石〈小〉を見付けた。

「黒魔石か。まずは利益確保というところだな」

カリナが少し離れた場所で、長さ一メートルほどの細剣を発見した。

「朱鋼製細剣です」

朱鋼は鮮やかな朱色の金属で、頑丈な点に関して三本の指に入る金属である。魔装魔法使いが使う武器としては、魔導武器を除くと最高級のものだ。その細剣はカリナに使ってもらう事にした。俺はまた指輪を発見した。マリアが指輪を見て首を傾げる。

「魔導装備でしょうか？」

「アイアンゴーレムのボスドロップだから、そうだと思うけど調べてもらわないとダメだな」

ちなみにマリアは『アイテム・アナライズ』を使えないそうだ。

俺たちは来た道を戻り、夜の十時頃に冒険者ギルドへ戻って来た。ここの支部長に報告して、ボスドロップ品を調べてもらう。細剣はカリナが言ったように朱鋼製細剣だった。指輪は『痛覚低減の指輪』だと分かった。俺はカリナとマリアに頼んで、『痛覚低減の指輪』を手に入れる事にした。俺にとって重要なキーアイテムになるものだ。

黒魔石は換金して三等分にする。魔導装備である『痛覚低減の指輪』をもらうのだから、全部をマリアの取り分にしても良いと言ったのだが、あまり役に立てなかったからと言って三等分にしたのだ。遅くなったので、冒険者ギルドの車で渋紙市まで送ってもらった。俺は魔法レベルが『8』で習得できる生活魔法の魔法陣をカリナに渡した。

これで一人前の生活魔法使いになるために必要な十一個の生活魔法を習得できる。それを魔法学院の生徒に教えてもらえば、生活魔法使いの評価も上がるだろう。


翌日は昼まで寝ていた。かなり疲れていたのだ。食事をしてから冒険者ギルドへ行くと、カウンターでマリアが眠そうな顔をして仕事をしている。昨日の疲れが取れていないのだろう。

「大変ですね。俺は起きたばかりですよ」

「羨ましい」

そう言ったマリアが、先輩の加藤から睨まれた。

「羨ましいのは、マリアよ。一日で魔法レベルが三つも上がったんでしょ？」

「えへへ、そうなんですよ。こんなの初めてです」

大物を倒して一日に魔法レベルが二つ上がるというのは偶にあるが、三つというのは珍しいそうだ。マリアが満面の笑みで加藤に答えている。

「ところで今日は、魔法文字を勉強するにはどうすればいいか、聞きに来たんです」

加藤が少し考えてから答えた。

「やはり大学へ行って勉強するのが、一番です」

俺は肩を落とした。金はあるので勉強さえすれば大学に入れるだろう。だが、それだと魔法文字を習得するのは、ずっと先になる。俺はそろそろ魔導書をちゃんと調べようと思って尋ねたのだ。俺がガッカリしたのに気付いた加藤は、別の提案をしてきた。

「大学が嫌なら、家庭教師を雇ったら如何(いかが)ですか？」

「家庭教師？　魔法文字を教えてくれる家庭教師とか居るの？」

「大学で魔法文字を教えている講師や准教授を、家庭教師として雇えばいいのよ」

「准教授や講師は、副業なんかできるんですか？」

「大学に申請すれば、大丈夫みたいですよ」

冒険者ギルドでもダンジョンで見付かった書籍などを翻訳(ほんやく)してくれるように頼む事があるそうだ。俺は何人か紹介してもらった。と言っても、大学のパンフレットを見せてもらっただけである。その中から魔法文字を教えている若い講師に目を付けた。村瀬誠一(むらせせいいち)という人物だ。星聖大学で魔法文字を教えている優秀な人物らしい。

俺は星聖大学へ行って、村瀬に直接会って交渉した。最初は渋っていたが、相応の対価を払うと約束すると引き受けてくれた。村瀬は黒縁メガネを掛けた理知的な人物で、礼儀正しい話し方をする。

「現役の冒険者から教えて欲しいと頼まれたのは、初めてですよ」

俺は魔法文字を教えてもらう約束をして戻った。冒険者ギルドで、加藤とマリアに礼を言っているとアリサたちが来た。どうやら俺に用があるらしい。

「グリム先生、宝物庫へ行く隠し扉を見付けました」

アリサが教えてくれた。隠し扉を見付けたが、まだ中には入っていないという。最初は俺も一緒に行こうという話だったのだが、アリサたちが自分たちだけでガルムを倒したいというので、俺はアドバイスだけする事にした。宝物庫の鍵を守っているガルムは巨大な犬だ。その巨体で暴れ回られると危険である。セブンスハイブレードで倒せると思うが、『ヒートシェル』も教えた方がいいだろう。

四人に『ヒートシェル』の魔法陣を渡した。由香里は魔法レベルが足りないので習得できないだろうが、アリサが持っているマジックバッグに仕舞っておけば良い。そこに鉄心(てつしん)が来た。

俺を目にして寄って来る。

「これを見てくれよ」

そう言うと冒険者カードを見せた。E級だったカードが、D級になっている。

「おめでとうございます」

「D級になれたのは、生活魔法を教えてもらった御蔭(おかげ)だ。感謝している」

鉄心は生活魔法の魔法レベルを『7』に上げ、『8』を目指しているらしい。目的は『ハイブレード』と『ウィング』である。

「『センシングゾーン』や『オートシールド』も、便利で重要な生活魔法なんですけど」

「分かっているよ」

せっかく鉄心に会えたので、ガルムと戦った経験がある鉄心に話を聞いた。ガルムは眷属であるブラックハイエナを召喚する能力が一番厄介であるが、もう一つ気を付けなければならないものがあるという。

「ガルムの尻尾だ。あの尻尾は弱い電気を帯びていて、尻尾に触るとビリッと来るんだ。一瞬だけ動けなくなる。それで怪我をした者も居る」

アリサたちは熱心に聞いていた。実際に宝物庫へ行くのは次の日曜日だというが、無事に帰ってきて欲しい。


次の日曜日、アリサたちは水月ダンジョンの前に集合した。

「ねえねえ、アリサは『ヒートシェル』を習得したの？」

由香里が尋ねた。

「ええ、苦労したけど習得完了よ」

この日までに『ヒートシェル』が習得できたのは、アリサと天音だけだった。千佳はもう少し時間が掛かりそうなのだ。

「さすがアリサね。『ヒートシェル』を使う時は銅リングを使うんでしょ。どうするの？」

「銅リングをどこで調達したか、グリム先生に聞いて用意した」

アリサは銅リングを作った工場を聞いて、同じものを注文して手に入れている。アリサはいくつか天音に渡した。

　ダンジョンに入ったアリサたちは、最短ルートで十層まで下りた。アリサたちはここでアーマーボアと遭遇し、初めて魔物相手に『ヒートシェル』を試す事にした。ただ『ヒートシェル』はトドメのための魔法なので、その魔法を発動する時間を稼がなければならない。そのために千佳と由香里が前に出る。

　その二人を信頼しているアリサと天音は手に銅リングを握り締め、二人が作り出すチャンスを待った。遭遇したアーマーボアは千佳たちに気付くと勢いよく鼻息を吐き出して突撃してきた。千佳が飛び出してクイントハイブレードで足を薙ぎ払う。空中で回転したアーマーボアが背中から地面に叩き付けられる。そこに由香里がクイントサンダーボウルを撃ち込む。アーマーボアの全身が細かく震えた。

　この瞬間、天音とアリサはセブンスヒートシェルの準備に入っていた。同時に銅リングを投げ入れ、砲弾型になったD粒子シェルをアーマーボアに向かって飛翔させる。アーマーボアが立ち上がった瞬間、天音のD粒子シェルがアーマーボアの顎の下を擦り抜けて胸に命中し、アリサのD粒子シェルが頭に命中した。その結果、二筋のメタルジェットが魔物の体内を突き抜ける。二つの爆発が起こり、アリサたちは顔の前で両手を交差させて爆風に耐える。その爆風が収まった時、アーマーボアが倒れている姿が見えた。

「ん、何で？」

天音が首を傾げている。仕留めたという手応えがあったので、アーマーボアの肉体が消えないのを不思議に思ったのである。

「うわっ、久々にダンジョンエラーだ」

由香里が大声を上げた。その声で天音が納得したように頷いた。アリサが苦笑いをしている。

「こんな時に、ダンジョンエラーが起こるなんて……」

千佳が時間を気にして、皆にどうするか問う。

「この巨体だから、全部をマジックバッグには入れられないですね」

アリサたちは毛皮と牙を持ち帰る事にした。協力して毛皮を剝ぎ取り、牙を回収する。

「肉はどうするの？」

由香里が尋ねた。アーマーボアの肉が旨いかどうかは、アリサたちは知らなかった。取り敢えず、首を切り離して血抜きをして適当な肉をビニール袋に入れてからマジックバッグに仕舞った。

それから十二層を目指した。十二層ではオーク城の正面から中に入った。邪魔するオークナイトを駆逐する。正門を打ち壊し、オークナイトを倒しながら二階に上がる。宝物庫への隠し扉は二階にあった。会議室のような部屋に大きな棚があり、それを横にずらすと隠し扉が現れる。これは由香里が習得した『マナトレース』を使って発見したものだ。階段があったので、下へ向かう。地下まで下りるとドアがあった。そのドアを開けると、ドーム状の部屋があり十二個の黒い箱が置かれている。グリムから聞いた話と同じだ。その部屋の奥にはもう一つのドアがあった。

「あの奥に、ガルムが居るはず。準備して」

アリサの指示で、由香里以外の三人は『センシングゾーン』と『オートシールド』を発動し、由香里は『マナウォッチ』を発動した。アリサたちは奥のドアを開いて中に入った。薄暗い部屋の中に魔物の気配を感じて、鼓動が速くなるのを全員が感じる。寝そべっていた巨大な魔物が立ち上がる。競走馬より一回り大きな犬だった。顔は土佐犬に似ており、唸り声を発している。

突然、ガルムが遠吠えする。すると、闇の中からブラックハイエナが四匹現れた。それぞれがアリサたちに襲い掛かる。千佳はトリプルブレードで斬り伏せ、残りの三人はクワッドアローで倒す。それを見たガルムは連続して遠吠えを発して大量のブラックハイエナを召喚。

「千佳、ブラックハイエナは私たちに任せて、ガルムを攻撃して」

「了解」

アリサたちがブラックハイエナの駆除を始め、千佳はガルムを攻撃するために前に進み出た。もちろん、ブラックハイエナが襲い掛かってくるが、アリサたちが千佳に襲い掛かるブラックハイエナも撃退する。千佳はガルムに向かってセブンスジャベリンを放った。ガルムは俊敏な動きでセブンスジャベリンを躱す。ガルムもD粒子の動きが見えるようだ。そのガルムが千佳

に飛び掛かった。千佳はクワッドカタパルトを使って身体を斜め上に投げ上げる。ガルムの視線が千佳を追い掛けた。その長い尻尾が千佳に向かって振られる。千佳は鉄心の忠告を思い出しセブンスプッシュを尻尾に叩き付けた。痛かったのだろう。ガルムが悲鳴に似た声を上げる。着地した千佳はセブンスサンダーアローを放つ。その攻撃をガルムは避け、素早く千佳に襲い掛かった。ガルムの動きを見切った千佳が鼻先にセブンスプッシュを叩き付け、攻撃を受けたガルムの顔が歪み遠吠えしようとする。

「させるか！」

ブラックハイエナを駆逐した由香里が、ガルムの口の中に『ホール』を発動する。穴掘り用の生活魔法である『ホール』は、大きな口の中を掘ろうとD粒子で出来たお玉のようなものが暴れた。これにはガルムもびっくりしたらしい。頭を振り口の中で暴れているものを吐き出そうとする。だが、魔法で作られたお玉は口から出ないので噛み潰す。怒ったガルムが恐ろしい形相で由香里を睨む。千佳はチャンスだと思った。セブンスハイブレードをガルムに向かって発動する。

千佳が放ったセブンスハイブレードは、ガルムが避けようと横に跳んだ事で肩を切り裂いただけに終わる。魔物の血が空中に飛び散り、牙を剝き出して怒りを表すガルム。ブラックハイエナを駆逐したアリサと天音も、ガルムに向けてセブンスハイブレードを放つ。その攻撃を壁に向かって跳躍して躱したガルムが、壁を蹴ってアリサに飛び掛かった。千佳と由香里が

『プッシュ』の多重起動で迎撃する。二発の『プッシュ』を同時に叩き付けられたガルムは、空中で勢いを止められ落下した。

そこにアリサと天音がセブンスサンダーアローを放つ。この連撃はさすがのガルムも避けられなかった。魔物の肉体に突き刺さったセブンスサンダーアローは、落雷のような轟音と同時に大電流を流し込み、大きなダメージを与えた。広い地下室に焦げた臭いが漂い、ガルムがふらついている。千佳がセブンスハイブレード、アリサと天音がセブンスヒートシェルを放ち、由香里はクイントジャベリンを放つ。それらの攻撃が次々にガルムに命中した。さすがの化け物も切り刻まれ息の根を止めた。四人の身体の中でドクンという音がする。

「魔法レベルが上がったみたい」

由香里が声を上げた。調べてみると、由香里が二つ上がって魔法レベルが『7』になり、他の三人は魔法レベルが『10』になっていた。

「とうとう二桁になった」

天音が嬉しそうに声を上げる。

「いいな」

由香里が羨ましそうに言う。

「由香里が本気になって、攻撃魔法を頑張れば、すぐに魔法レベルが『10』になると思うけど」

アリサが言うと、由香里は不満そうな顔をする。皆と同じように生活魔法の魔法レベルを『10』にしたいらしい。

「アリサだって、本気で分析魔法を頑張れば、今頃魔法レベルが『10』を越えていたんじゃないの？」

アリサが溜息（ためいき）を漏（も）らす。

「それは言わないで、カリナ先生からも分析魔法も頑張りなさい、と言われているんだから」

分析魔法はダンジョンでの活躍には役に立たないが、ダンジョンの産物を分析したり、巻物の魔法陣を分析して魔法庁に登録できるような形で取り出すという事ができる。高度な分析魔法を使える者が少ないので、魔法レベルが『10』を越える分析魔法使いは高額の契約金でスカウトされる事が珍しくないのだ。

「皆、ドロップ品があるよ」

千佳の声が聞こえた。アリサたちも急いで行って確かめる。黒魔石〈小〉と巻物、それに鍵が残されていた。

「この巻物は何だろう？」

アリサが拾い上げて中を見た。魔法陣しか描かれていない。説明文が何もないので、アリサにも何の魔法陣か分からなかった。

『アイテム・アナライズ』を使ってみたが、生活魔法に関係する魔法陣が描かれた巻物というだけで、魔法陣が何かは分からない。

「グリム先生に調べてもらうしかないかな」

アリサが言うと由香里が何でという顔をする。

「でも、グリム先生は高度な分析魔法を使えないよ」

「あれだけ多くの生活魔法を魔法庁に登録しているのよ。優秀な分析魔法使いと組んでいるんじゃないかと思うの」

「なるほど」

千佳が鍵を拾って見詰めていた。その傍に天音が歩み寄る。

「金庫を開けましょ」

「ええ、何が入っているのか、楽しみ」

宝物庫に戻ったアリサたちは、手に入れた鍵がどの金庫のものなのか調べた。二つ目の金庫が目的のものだった。金庫を開けると、そこには四つの左手用籠手が入っていた。

「これは普通の籠手じゃないよね」

そこにあったのは、魔導装備の籠手だった。攻撃を撥ね返す機能を持つ籠手だったのだ。アリサたちは装着してみて意外に軽いのに驚いた。それに大きさも自動的に調整するようである。青白い金属製なのだが、特殊なものだ。外に出たアリサたちは木の枝を切り取って、その籠手に向かって攻撃してみた。アリサが籠手を付けた左腕で枝の攻撃を受けると、その枝が攻撃と同じ力で跳ね返された。攻撃した千佳がバランスを崩すほどだったので、撥ね返す力は強いものだったのだろう。

「使いようによっては、切り札になるかも」

千佳が呟くように言った。ただ現時点で切り札にできるだけの技量を持っているのは自分だけだろうと感じていた。その日、アリサたちが地上に戻ったのは夜遅くになった。冒険者ギルドに行って、アーマーボアの剝ぎ取り品や魔石を換金した。アーマーボアの肉はきちんと処理したら美味しいという。だが、アリサたちには処理する技術がないのでギルドで換金する。ギルドの奥から支部長が出てきた。

「またガルムを倒したチームが出たそうだな」

「魔法学院の生徒さんたちですよ」

加藤が支部長に伝えた。それを聞いた支部長は苦笑いする。

「またグリムの教え子たちなのか。凄いとしか言いようがないな。それで宝物庫では何を手に入れたんだ？」

アリサたちは教える事を拒否する事もできたが、魔導装備の籠手がいくらするものなのか知りたかったので教えた。

「ふむ、『リフレクトガード』の一種だな。両腕用のセットだったら一億を超えただろうが、片腕だけだと五千万くらいか」

五千万と聞いて、アリサたちは飛び上がって喜んだ。

「オークションに出すなら手続きをするぞ」

アリサたちは首を振った。

「いいえ、自分たちで使います」

支部長は夜も遅いので、アリサたちをギルドの車で送らせた。


千佳が自宅に帰ると、家族が心配して待っていた。

「遅かったじゃないか」

父親の剣蔵（けんぞう）が咎（とが）めるように言う。

「遅くなると言ったはずですけど」

剣蔵は頷いた。剣蔵が返事をする前に兄の剣壱（けんいち）が口を挟んだ。

「ガルムと戦いに行ったんだろ。家族が心配するのは当たり前だ。それで倒せたのか？」

「もちろんです。これが戦利品です」

千佳が魔導装備の籠手を見せて説明すると、剣蔵と剣壱は驚いた。

「まだ魔法学院の生徒なのに、これだけの宝を手に入れるとは信じられん」

手に入れた千佳自身も信じられないほどなのだから、家族が驚くのも無理はなかった。

アリサたちが宝物庫のガルムを倒したという情報を、俺は冒険者ギルドで知った。アリサたちを祝福するために、魔法学院の女子寮に電話して今度の土曜に会う約束をする。

土曜日の午後、冒険者ギルドで待ち合わせた俺たちは打ち合わせ部屋で話をした。

「『リフレクトガード』の一種か。貴重な魔導装備を手に入れたんだな」

「グリム先生の黒鱗鎧(こくりんよろい)の方が凄いですよ」

アリサが笑いながら言う。貴重な魔導装備を手に入れて嬉しそうだ。

「そうだ。ガルムを倒して、この巻物を発見したんですが、何か分かりますか?」

アリサがマジックバッグから巻物を出し、俺に見せた。その巻物を見た時、〈貫穿(かんせん)〉の魔法陣が描かれていた巻物を思い出す。あれは魔法陣を見た瞬間に自動的に賢者(けんじゃ)システムが立ち上がり、強制的に情報を取り込んでしまった。その巻物に外見が似ていたのだ。

「これは特別な巻物かもしれないな。中を見た?」

「はい。でも、魔法陣だけで説明文みたいなものは、全くありませんでした。何か心当たりがあるんですか?」

俺は頷いた。

4　交流会

「巻物の中には、条件が合致した者が開けると、自動的に習得させるような魔法陣が描かれている場合があるんだ」

アリサたちは感心したように頷いた。

「これが、そういう巻物に似ているんですか？」

「俺も一つしか見た事がないから、確かな事は言えないけど似ている。持ち帰って調べたいんだが、いいか？」

アリサたちが承知したので、その巻物をマジックポーチに仕舞った。その後、二十層のオークキングを倒すための行動予定を打ち合わせた。オークキングが装備している鎧が厄介だという話になる。

「グリム先生、セブンスヒートシェルでオークキングの鎧を貫けるでしょうか？」

アリサが質問した。

「攻撃魔法の『デスショット』で貫けたと聞いたから、大丈夫だと思う。ただ『ヒートシェル』は撃つためのチャンスを作らないとダメだからな」

「厄介なのは、もう一つありますよ。トライデントという魔導武器です」

千佳が魔力砲弾を撃ち出す槍を話題に出した。最初の頃、魔力砲弾を防ぐために『オーガプッシュ』を考えたのだが、『オーガプッシュ』では魔力砲弾を防げないかもしれない、と思うようになった。撃ち出された魔力砲弾を迎撃するというのは、難しすぎると考えたのだ。

「攻撃は最大の防御なり、という考え方もあるけど、必ず先手が打てるという保証もないからな。少し時間をもらって調べてみよう」

俺は防御の問題を持ち帰る事にした。その後、教え子たちの成功を祝福するために、ちょっと高いレストランで奢る事になった。美味しい食事を楽しんだ後、皆と別れた俺はマンションに帰った。

アリサたちから預かった巻物が気になったので、ベッドの上に座ると巻物を広げる。やはり、それは〈貫穿〉と同じ特性の魔法陣だった。賢者システムが自動的に立ち上がり魔法陣から情報を取り込んでいく。どれくらいの間ジッとしていたのか分からないが、気付いた時には巻物から魔法陣が消えていた。賢者システムをチェックすると、『D粒子二次変異』に〈堅牢〉が追加されていた。調べてみると〈不可侵〉ほど強力な特性ではないが、D粒子の形成物を大幅に頑丈にするものらしい。しまった、アリサたちから預かった魔法陣を勝手に使ってしまった。その時になって、まずい事をしてしまったと反省する。

「……仕方ない。別の生活魔法をアリサたちに渡そう」

そうなると、選択肢が『ヒートアロー』『オーガプッシュ』『パイルショット』の三つしかない。

「そうだ。この〈堅牢〉を使った生活魔法を創って渡そう」

欲しいと思っているのは、防御用の魔法である。オークキングの魔力砲弾を防げるだけの強度があるものを創りたい。参考にした魔法は『ウィング』である。盾となるものなので、警察が使っているライオットシールドのような丸みを帯びた長方形にして長さ百八十センチ、幅七十センチとする。背の高い者は屈む必要があるが、あまり大きくするとより多くのD粒子が必要になるので仕方ないのだ。

　このD粒子製シールドに〈堅牢〉の特性を付加して頑丈なものにする。魔力でコーティングするかどうか迷ったが、しない事にした。コーティングすると形状を長時間保てるようになるが、多重起動ができないようになる。という事で、そのシールドが形を保っていられる時間が限られてしまう。十五秒しか形状を保てないようだが、それで十分だと思った。

　十五秒以上続く連続攻撃を受けた場合は、十五秒経過する寸前に別のシールドを発動すれば良いのだ。そのために十秒経過すると点滅するようにした。この点滅は魔力を使っているので特性の〈発光〉は付加していない。D粒子を光に変化させる時には〈発光〉が必要なのだが、魔力で光を作り出す時には必要ない。その魔法を『プロテクシールド』と名付けた。発動してみると、目の前にD粒子堅牢シールドが形成されたようだが、目に見えないので触ってみないと分からない。

「ちょっと不安だな」

　見えないシールドだと不安なので、D粒子堅牢シールドを微かに光らせる事にした。これも魔力を使ったものだ。淡く黄色の光を放つシールドが出来上がる。『プロテクシールド』は由香里も使う事を考え、ぎりぎり魔法レベルが『9』で習得できるようにした。

翌日、どれほどの防御力があるか確かめるために有料練習場へ向かった。小さな練習場を借りて中に入る。まず多重起動なしの『プロテクシールド』の強度を、『コーンアロー』を使って試す事にした。『プロテクシールド』を発動し淡く黄色の光を放つD粒子堅牢シールドが形成されたのを確認すると、その前方に素早く回り込んだ。D粒子堅牢シールドは一度形成されると、位置を変えられない。最初は自分の動きに合わせて移動するものを考えたのだが、それだと習得できる魔法レベルが『12』に跳ね上がる。

回り込んだ俺は、『コーンアロー』の三重起動、五重起動、七重起動を発動してD粒子コーンをD粒子堅牢シールドに向けて撃ち出した。結果、五重起動までは耐えたが、七重起動で撃ち抜かれ崩壊した。

「多重起動なしのものが、五重起動まで耐えるのか。防御力が相当高いな」

俺は三重起動の『プロテクシールド』を試す事にした。『パイルショット』で検証すると、トリプルパイルショットで崩壊した。特性の〈貫穿〉と〈堅牢〉は性能的には同じだと思うのだが、『プロテクシールド』は広い面積を守る事になるので、一点に威力を集中できる『パイルショット』の方が有利なようだ。

五重起動の『プロテクシールド』は、クワッドパイルショットに貫かれた。オークキングの魔力砲弾は、クワッドパイルショット以上クイントパイルショット以下の威力があると推定されるので、五重起動の『プロテクシールド』ではダメだ。

七重起動の『プロテクシールド』は、クイントパイルショットに耐えた。合格だ。但し、セブンスパイルショットで簡単に崩壊したので、セブンスパイルショットに耐えるにはD粒子収集器を使った九重起動の『プロテクシールド』が必要になるだろう。

数日間『プロテクシールド』をテストして不具合を探し出して修正した。満足できるものが完成したので、賢者システムに登録する。その後、習得するための魔法陣を四人分用意した。その他に魔法庁へ登録するための魔法陣と説明文を用意する。

次に冒険者ギルドでアリサたちに会った時に、俺は頭を下げて謝った。

「この前預かった巻物なんだが、やっぱり特定条件の人物が見ると強制的に習得させるものだった。俺が使ってしまった」

真面目(まじめ)な顔をして謝る俺を見て、天音が笑った。

「グリム先生も失敗する事があるんですね？」

「失敗というか、確かめるためには見なきゃダメだろ。それで見たら、自動的に巻物を使う事になった」

「何の魔法だったのですか？」

その質問は予想していたので、答えも用意していた。

「『リモートプレート』という生活魔法だ」

嘘を吐きたくなかったが、賢者システム用のものだとは言えない。俺は『リモートプレート』について説明した。それを聞いたアリサたちは、『ウィング』に似ていると思ったようだ。

『リモートプレート』を元に『ウィング』を作ったので、似ていて当然なのだ。

「俺の失敗で、皆の巻物をダメにした。それで代わりの生活魔法を用意した。これで勘弁してくれ」

代わりにと言って渡した『プロテクシールド』が、どういう生活魔法か聞いたアリサたちは狂喜した。オークキングの槍から発射される魔力砲弾をどうするかで悩んでいたらしい。

「でも、この生活魔法はかなりの価値になると思いますよ。本当にいいんですか？」

アリサがちょっと不安そうに言う。

「構わない。魔法庁に登録して、ライセンス料は皆で分けるといい。但し、魔法レベルが『9』にならないと習得できない魔法だから、当分お金にはならないかもしれないけど」

生活魔法に関して言えば、一番高い俺の魔法レベルが『13』、次がアリサたちで『10』、その次がカリナや上条の『8』なのだ。『プロテクシールド』を習得できそうなのは、アリサたちを除けば居ない。もう少しすれば、カリナと上条が習得するだろうが、それでもたった二人だ。

考えると、生活魔法はまだまだなと思えてきた。生活魔法が攻撃魔法や魔装魔法と肩を並べるようになるのは、ずっと先になりそうだ。

『プロテクシールド』については、アリサたちがダンジョンで手に入れたという事にしてもらった。また魔法庁の連中が賢者だと言い出さないようにするためだ。まあ、『プロテクシールド』以外の生活魔法も順次登録しているので、あまり意味はないかもしれないが。

俺とアリサたちは話し合い、『プロテクシールド』を素早く発動できるようにしようという事になった。その実戦訓練も含めて、水月ダンジョンの二十層まで攻略しようと話し合う。

◆◆◇◇◆◆◇◇◆◆

アリサたちは魔法学院の訓練場で『プロテクシールド』の練習を始めた。多重起動なしの『ジャベリン』だけで互いを攻撃し、『プロテクシールド』で防御するという練習だ。

その練習を見たカリナが『何だろう?』という顔をする。

「ちょっと待って、その魔法は何なの?」

「あれっ、カリナ先生に言っていませんでしたっけ。ガルムを倒した時に手に入れた巻物が、この『プロテクシールド』なんですよ」

天音が説明すると、カリナが驚いた。

「そんな魔法があったら、どれだけダンジョンでの活動が楽になるか……」

「生活魔法使いの時代になるんです」

天音が胸を張って言うと、カリナもそんな気がしてきた。

「三年生は、どれほどのレベルになったのですか?」

アリサがカリナに尋ねた。卒業間近になった三年生が、どれほど生活魔法を学べたのか、アリサは気になったのだ。

「最低でも魔法レベルが『5』、『プッシュ』『コーンアロー』『サンダーボウル』『エアバッグ』『ブレード』『ジャベリン』は習得しましたよ。これだけの生活魔法があれば、F級冒険者になれます」

本当はグリムが一人前の基準としていた十一個の生活魔法を習得させたかったのだが、さすがに大学受験の勉強をしながらだと、魔法レベルが『5』までが限界だという生徒が多かった。大学に進学してからも生活魔法の修業と勉強を続ければ、一人前の生活魔法使いになれるとカリナは三年生たちに言ったそうだ。自分たちのために精一杯の事をしてくれたと感じた生徒たちは、カリナに感謝しているらしい。ただ三年生の中には大学進学をやめて、プロの冒険者になると決めた者も居た。そういう生徒には引き続き指導を続けるとカリナは言う。

「そう言えば、三年生の授業に生活魔法が追加されるんですよね?」

「ええ、選択科目の一つとして、生活魔法も加わる事になりました」

三年生の生活魔法はカリナが教える事になっているらしい。

「そう言えば、交流会の時に会った週刊冒険者の記者さんが、取材に来ると言っていました。その時は、皆も協力してね」

そういう話をした数日後、鬼塚エミリと攻撃魔法使いで魔法評論家の田島陽一（たじまよういち）が魔法学院を訪れた。エミリは顔を知っていたが、田島は初対面だったので、アリサたちは挨拶して自己紹介する。

「やっと生活魔法の特集を組む許可が下りたので、来る事ができました」

週刊冒険者の内部でも、生活魔法に対する評価は低いらしい。交流会で生活魔法の可能性に気付いたエミリは特集を組むように訴えたのだが、やっと条件付きで許可されたという。生活魔法にのめり込んでいると見られたエミリは、生活魔法について正当に評価を下す事ができないのではないかと思われ、評価役として田島が同行する事になったらしい。エミリは分かっていない上司だと愚痴（ぐち）を零（こぼ）す。それを聞いた田島が薄ら笑いを浮かべた。

「君が、次の時代は生活魔法だと大声で騒ぐからだ」

「本当に、そう思ったんですよ」

「だが、生活魔法使いなどD級冒険者にもなっていないではないか？」

アリサが口を挟んだ。

「いえ、Ｄ級の生活魔法使いは存在しますよ」

口を挟んだアリサを、田島がジロリと睨んだ。

「それは失礼した。だが、Ｃ級はどうなのかね？」

「それはまだ居ません。ですが、すぐにＣ級やＢ級になると思います」

「ふん、本当かな。Ｃ級やＢ級になるという事は、上級ダンジョンで活動するという事だ。ソロでブルーオーガくらい倒す実力がないと難しいのだよ」

田島が生活魔法使いのＤ級冒険者に会いたいと言い出し、それをエミリが止めた。まだアリサたちへの取材も終わっていなかったからだ。

週刊冒険者の記者であるエミリは、アリサたちがどんな活動をしているのか尋ねた。それに対してアリサが代表して答える。

「中級の水月ダンジョンで、二十層の中ボスを狙っています」

「へえー、どんな魔物なの？」

「オークキングです」

評論家の田島が、笑いながら首を振る。

「無謀(むぼう)だな。Ｅ級の生活魔法使い二人と魔装魔法使い、攻撃魔法使いだけで、オークキングは無理だ。オークキングが持っているトライデントをどうするつもりだね？」

Ｅ級冒険者程度ではトライデントから放たれる魔力砲弾に対処できない、と田島は言いたい

らしい。天音が「ふふふ」と笑う。

「その問題は解決済みです。あたしたちはガルムを倒して、凄い魔法を手に入れたんです」

　エミリは興味を持った。

「それは、どんな魔法なんです？」

「防御用の生活魔法です」

　魔装魔法は身体の周りに魔力の膜を纏って敵の攻撃を防ぎ、攻撃魔法は魔力障壁を作り出す魔法がある。生活魔法の防御とは、どういうものなのだろうか。エミリは知りたくなった。

「『プロテクシールド』という魔法です。D粒子の大盾を作り出す魔法なんですよ」

　田島が疑るような目で天音を見た。

「本当に解決したのか、疑問だな。トライデントの魔力砲弾は、『デスショット』に近い威力を持つ。その『プロテクシールド』で、『デスショット』を受け止められるのかね？」

「たぶん」

「自信がないのかね？」

「『デスショット』で試した事がないだけです。もしかして、田島さんは『デスショット』を使えますか？　攻撃魔法使いなんですよね？」

　田島が苦い顔になった。

「できないんですか？」

「できる。だが、その『プロテクシールド』という魔法を打ち破るには、『デスショット』は必要ないだろう。『ヘビーショット』で十分だ」

『ヘビーショット』は魔法レベルが『10』で習得できる攻撃魔法である。『デスショット』の徹甲魔力弾ほどの貫通力はないが、命中した瞬間に爆発するので大きな威力を持つ。カリナはちょっと心配になった。

「大丈夫なの？『ヘビーショット』で放たれる魔力榴弾は強力よ」

アリサは首を傾げ計算した。

「貫通力は『デスショット』に劣るみたいだから、四重起動か五重起動で防げると思うけど、試してみたいな」

それを聞いたエミリが賛成した。

「田島さん、『プロテクシールド』の強度を確かめたいので、『ヘビーショット』で攻撃してもらえませんか？」

「構わないが、どうせ一発で壊れてしまうと思うぞ」

全員で訓練場へ向かう。一番素早い天音が『プロテクシールド』を発動させる事になった。

「まず、五重起動の『プロテクシールド』を発動して、田島さんに『ヘビーショット』で攻撃してもらいましょう」

アリサが提案すると、田島が口を挟んだ。

「ちょっと待て、五重起動が最高なのか？」

「いえ、七重起動までできますが、まずは五重起動の時の強度を確かめたいんです」

田島は不満そうな顔をしたが、承諾（しょうだく）した。自分の『ヘビーショット』に自信があるのだろう。天音が五重起動の『プロテクシールド』を発動して、淡く黄色の光を放つD粒子堅牢シールドが現れると素早く逃げた。その瞬間、田島が真剣な顔で『ヘビーショット』を発動する。オレンジ色を放つ魔力榴弾がD粒子堅牢シールドに命中すると爆発した。爆風が収まった後に確認すると、D粒子堅牢シールドが元の姿で存在していた。そして、点滅してから消える。

「な、なんだと……私の『ヘビーショット』で破壊できない」

田島はちょっとショックだったようだ。その反対に天音たちは大喜びしている。エミリは驚きと同時に感心していた。半々で五重起動の『プロテクシールド』が破られるのではないかと予想していたのだ。

「よし、次は『デスショット』を試してやる」

田島がちょっとむきになっている。天音は七重起動の『プロテクシールド』を発動して素早く逃げる。それを確認した田島がD粒子堅牢シールドを睨み集中する。そして、珍しい事を始めた。目標であるD粒子堅牢シールドを指差しながら詠唱したのである。

「デス・デス・デス・デス……デスショット！」

気合を入れて発せられた詠唱の後に、『デスショット』が発動し徹甲魔力弾がD粒子堅牢シールドに当たった。徹甲魔力弾はＤ粒子堅牢シールドに弾かれて消える。

「ヤッター！」

天音が飛び上がって喜ぶと、由香里が抱きついて一緒に喜び始める。その様子を見たエミリは、拍手した。

「どうです？　素晴らしいと思いませんか？　これならオークキングの魔力砲弾も撥ね返せそうです」

カリナがエミリに言った。

「ええ、『プロテクシールド』は素晴らしい。……でも、久しぶりに補助詠唱法が見れたのも収穫でした」

補助詠唱法とは、その魔法を発動するのにちょっとだけ力が足りないという時に行う方法である。詠唱する事で魔力や気力を絞り出しているのだという。力を出し尽くした田島は、訓練場の地面に座り込んでいる。変な詠唱までして発動した『デスショット』が完全に防がれたので大きなショックを受けたようだ。アリサがカリナの近くに来て尋ねた。

「先生、田島さんが行ったのは何ですか？」

「あれは、補助詠唱法よ」

カリナが説明した。それによると最近では使われなくなった方法らしい。

「呪文は決まったものなんですか？」

「いえ、気合が入れば、何でも良かったはず」

アリサは感心したように頷いた。しかし、田島が補助詠唱法を使ったという事は、今の『デスショット』が最低レベルの威力だった事を意味している。なぜなら、攻撃魔法の威力は発動した者の力量に左右されるからだ。オークキングの魔力砲弾とほぼ同じ威力になっていたかもしれない。それに、あの詠唱はもっとどうにかならなかったのかという感想を持った。田島が立ち上がって、カリナたちに近付く。

「『プロテクシールド』がある程度の防御力を持っている事は認めよう。だが、それだけではオークキングに勝てるとは言えんぞ」

エミリが田島へ視線を向ける。

「どういう意味です？」

「今回の取材前に、生活魔法について調べてきた。確かに新しい魔法が登録されているようだが、多重起動を使ってもオークキングの守りを打ち破れるとは思えん」

田島は多重起動で生活魔法の威力が、どれほど上がるのか正確には知らないはずだ。だが、独自の計算方法で威力を計算してきたという。新しい魔法については魔法庁で調べたのだろう。現在、グリムが基準とした十一個の生活魔法の中で『ハイブレード』『ウィング』以外が登録を終えている。という事は、『ハイブレード』や『ヒートシェル』を田島は知らないのだろう。

エミリはアリサたちから取材してから、彼女たちの先生であるグリムに取材したいと言い出した。田島も会いたいと言っている。

「グリム先生は、水月ダンジョンに潜った後、魔石を換金するために冒険者ギルドへ寄るはずですよ」

天音が教えた。それを聞いたエミリは、困ったという顔をする。

「それだと、遅くなるかもしれませんね」

「大丈夫です。今日は魔法文字の勉強をする日なので、早く戻ってくると思います」

偶々予定を知っていた天音が答えた。それを聞いたカリナが笑って尋ねる。

「そんな事まで知っているの?」

「オークキングを倒す行動計画を一緒に立てているので、予定を聞いたんです」

エミリと田島は冒険者ギルドへ行く事にした。その途中、エミリが質問した。

「田島さん、彼女たちの生活魔法をどう思いました?」

「魔法学院の生徒としては、上位二十くらいに入る実力はあるだろう。だが、トップ3には入っていない。アメルダ魔法学院の羽柴やD級冒険者の御堂が上だろう」

「そう判断した理由は?」

「彼女たちは中級ダンジョンの二十層を狙うレベルだが、御堂たちは三十層で活動している。やはり経験が違うだろう」

「今から会うグリム先生は、どうでしょう? 本当にC級やB級になれる人物なんでしょうか。

会うのが楽しみです」

二人は冒険者ギルドに到着すると待合室でグリムを待った。そして、若い冒険者が入って来て、換金を済ませるとエミリたちの方へ歩み寄った。

「こんにちは。榊ですが、俺に用があるそうですね？」

「週刊冒険者の記者をしている鬼塚エミリです。取材をさせて欲しいんですが、よろしいですか？」

『週刊冒険者』という言葉にちょっと感動した。有名な週刊冒険者の記者が取材に来るなんて思った事もなかったからだ。俺の本名が広がる以外なら問題なかったので、『グリム先生』という事で書いてくれるなら、という条件で承諾した。事情を聞くとアリサたちから紹介されたのだと言う。

「そちらの方も記者さんですか？」

「ああ、紹介を忘れていました。週刊冒険者で記事を書いてもらっている魔法評論家の田島陽一さんです」

「魔法評論家？　そういう職業の人が居るんですね。初めて知りました」

田島が少し不機嫌な顔になる。それを見たエミリが苦笑いする。

「まあ、魔法評論家は少ないですから、知らないのも無理はありません」

俺は何を知りたいのか尋ねた。

「生活魔法の将来性です。グリム先生はC級、B級の冒険者になると彼女たちが言っていました。本当に生活魔法使いが一流の冒険者になれると思いますか？」

冒険者はA級、B級、C級を一流、D級、E級を二流と呼ばれる事がある。D級、E級の冒険者に対して失礼な言い方だが、一般的に呼ばれているのだから仕方ない。

「もちろんです。将来は上級ダンジョンを活動場所にしたいと思っています」

田島が口を挟んだ。

「簡単に言うが、C級冒険者への昇給試験は難しい。ある上級ダンジョンでの課題は、ブルーオーガを倒す事だったのだが、倒せる自信があるのかね？」

ブルーオーガという名前だけは知っているが、どれほど強いか分からない。

「そのブルーオーガは、オークキングより強いんですか？」

「同じか、少し弱い程度だな。まあ同等と思っていいだろう」

だったら、倒せそうだ。問題はブルーオーガのスピードだ。オークジェネラルより素早いなら苦戦しそうだ。

「同等なら勝てると思います」

簡単に勝てると言い切った俺に、田島が鋭い視線を向ける。

「ダンジョンの魔物を舐めていないだろうね？」

「そんな事はありません」

「魔法学院の生徒たちもそうだったが、防御力の高いオークキングを仕留める魔法があるのか訊いても、あるとだけしか答えなかった」

たぶん、田島の質問の仕方に問題があったのではないだろうか？　魔法評論家という職業なのだから、既存の魔法に関しては豊富な知識を持っているのだろう。だが、それが尊大な態度として表れ、鼻につく。

「それはまだ魔法庁に登録していないので、答えなかったのだと思います」

俺が適当に誤魔化すと、エミリが身を乗り出した。

「というと、グリム先生が発見した生活魔法という事ですか？」

俺は頷いた。

「そうです。『ハイブレード』と『ウィング』は、これから登録する予定なのです」

「でも、交流会では説明していましたよ」

エミリが指摘した。

「交流会では、生活魔法を広めるために、特別に許可していたのです」

「そうだったんですか」

なんとか誤魔化せたようだ。田島の態度が気に入らなかったからじゃないか、とは言えない。

田島が俺を睨む。

「それで、その『ハイブレード』と『ウィング』を使えば、オークキングが倒せるのかね？」

セブンスハイブレードを二十発ほど叩き込めば、仕留められるかもしれない。だが、反撃もせずにジッとしているような魔物ではないので、現実には無理だろう。『ハイブレード』で仕留めるなら、D粒子収集器を使ったナインスハイブレード。『ヒートシェル』ならセブンスヒートシェルが必要だ。アリサたちを嘘つきにする訳にはいかないので、切り札の一つを教える事にした。

「彼女たちには、切り札として『デスショット』に似た生活魔法を教えてあります。それならオークキングを仕留められるはずです」

田島が疑うような目で俺を見た。

「本当に、そんな生活魔法があるのかね？」

俺は時間を確かめた。魔法文字を教えてもらっている村瀬講師が自宅に来るのは一時間後だ。有料練習場へ行く時間はある。

「いいでしょう。実際にお見せします」

俺が有料練習場へ行こうと言うと、エミリが冒険者ギルドと交渉して車を借りた。エミリの運転で有料練習場へ到着。

「グリム先生、まず『ウィング』と『ハイブレード』を見せてもらえませんか？」

「いいですよ」

俺は『ウィング』で空を飛び回ってみせた。それを見た田島が目を丸くする。

「『フライ』と同じようなものかと思っていたが、全然違う。これはダンジョンでの活動に革命を起こしそうだ」

次にセブンスハイブレードを見せた。Ｄ粒子の刃がコンクリートの標的に食い込み大きな溝を作ると、エミリは目を瞠り、田島は唸り声を発した。

「凄い、この威力は『デスショット』に匹敵するかも……」

「早すぎる。こんな短時間に発動するのに、この威力とは」

エミリはその威力に驚き、田島は発動するまでの時間に注目したようだ。

「だが、まだだ。セブンスハイブレードでもオークキングを倒せるとは思えん」

その通りなのだが、田島に言われると何だかイラッとする。最後にセブンスヒートシェルを見せる事になった。エミリが説明を求める。

「この生活魔法は、特殊なものなんですよ。魔法を発動するのに金属が必要なんです」

「金属？　どういう事なんだね？」

田島が質問した。だが、詳しく説明するのは面倒なので、実際に見せる事にする。

「あのコンクリートに向かって発動するので、少し離れてください」

俺が忠告したのに、田島は標的にするコンクリートの近くから離れなかった。命中した瞬間をじっくりと確かめるつもりのようだ。まあいい。警告はしたのだ。あのくらいの距離だったら、怪我はしないだろう。俺はセブンスヒートシェルを発動させた。田島は射線からは外れているが、俺とコンクリートの中間辺りで魔法が発動する様子をジッと見ている。

銅リングを投げ入れたのを見たエミリが、目を丸くしている。完成したD粒子シェルがコンクリートへ向かって飛んだ。命中したD粒子シェルはメタルジェットを噴き出した直後に爆発。その爆風が田島を襲った。これほど強い爆風が発生するとは思っていなかった田島は、吹き飛ばされて地面を転がる。

「うわっ！」

俺とエミリの所にも爆風が来たが、身構える時間があったので耐える。エミリも顔の前に腕を交差して防御している。爆風が収まった後に田島の様子を見ると、ふらふらしている。高速で回転したので目を回したらしい。それに涙目になっていた。倒れた拍子に腰を強く打ったようだ。

「田島さん、大丈夫ですか？」

エミリが田島を心配して駆け寄った。

「……爆発するなんて聞いていないぞ」

エミリが溜息を漏らした。

「だから、グリム先生が離れるように、言ったじゃないですか。そんな警告を出すのは、理由があるに決まっていますす。それを無視したのはあなたですよ」

何も言い返せない田島だった。その様子を見て、俺は思わず笑ってしまう。

「もういい。それより威力を確かめるぞ」

田島は腰を摩りながらコンクリートへ近寄った。コンクリートの表面が蜘蛛の巣のようにヒビ割れ、その中央に穴が開いていた。その穴はコンクリートブロックを貫通しており、後ろにあったコンクリートブロックにも穴が開いている。それを確認した田島は唸り声を上げた。威力に関して言えば、『デスショット』より上だと分かったからだ。明確な証拠があれば、認めざるを得ない。

「凄いですね。これならオークキングも仕留められますよ」

エミリが興奮して声を上げた。田島も威力のある魔法を確認して目をギラつかせている。あまり時間がなかったので、取材を手早く終わらせた。エミリたちはもう少し取材を続けたかったようだが、俺はこういう取材が好きではないようだ。必要な情報は渡したので十分だろう。

その取材が記事として載った週刊誌が発売された。日本中で週刊冒険者を購入した人たちが、新しい生活魔法の事について知った。生活魔法の歴史は大きな一歩を踏み出したのである。

5 オークキング

生活魔法についての記事が出た数日後に、オークキングが復活した。俺とアリサたちは一緒に水月ダンジョンへ潜り、二十層へ向かう。

「グリム先生は、写真が嫌いなんですか？」

天音がそう尋ねてきた。

「別に嫌いじゃないけど」

「だったら、なぜ週刊冒険者には、あたしたちの写真しか載っていなかったんです？」

たぶんイケメンでもない男を載せるより、魔法学院の女子生徒を載せる事を編集者が選んだのだろう。つまりビジュアルで選んだという事だ。俺がC級やB級の冒険者だったら違ったかもしれないが、D級の冒険者など写真を載せる必要はないと判断されたのだ。

「たぶん、写りが悪かったんだ。それより一気に十五層まで行くから頑張れよ」

「はい」

アリサたちは張り切っていた。待ちに待ったオークキングが復活したという報せが入ったのである。他の誰かが倒す前に倒さなければならない。俺たちは十五層まで一気に下りて休憩する事になった。ここはアーマーベアの居るエリアだが、これだけの冒険者が揃っていれば負ける事はない。弁当屋で購入した弁当をマジックポーチから取り出して配った。アリサがマジックバッグから水筒を取り出して温かいお茶を配る。食事を終えて、雑談が始まった。と言っても、魔物の接近には注意を払っている。

「皆はもうすぐ三年生になるんだな。進路は決まっているのか？」

アリサと由香里は、大学に行くらしい。天音と千佳はプロの冒険者になりたいというのだが、家族に反対されていると言う。

「大学に行ってからでも遅くないだろう、と両親が言うんです」

「私のところも同じです」

天音と千佳の両親は、大学に行けるだけの余裕があるのだから、行った方が良いという意見だそうだ。そんな話をした後、俺たちは十五層の草原エリアを奥へと向かった。十分ほどでアーマーベアに遭遇する。天音と千佳がセブンスハイブレードで瞬殺する。ほとんど同時に二つのD粒子の刃がアーマーベアを切り裂き、息の根を止めた。その調子でアーマーベアとレージスパイダーを蹴散らして階段まで行き十六層へ下りた。十六層は迷路エリアである。初めての者は攻略に時間が掛かるが、俺は峰月と一緒に一度攻略している。

問題なく十六層の迷路を突破して、十七層に下りた。ここは巨木の森エリア、一つ眼の巨人キュクロープスが居る場所だった。キュクロープスは敵に遭遇すると仲間を呼び集める習性があるので、『センシングゾーン』を使って先に発見して見付からないように突破するのがベストである。

「へえー、キュクロープスには、そんな習性があるんですか。面倒な魔物なんですね」

俺の話を聞いた天音が感想を言う。やっぱりというか、十八層へ下りる階段がある場所に、キュクロープスが三匹待ち構えていた。

俺たちは話し合い、俺、アリサと千佳、天音と由香里のそれぞれがキュクロープスを一匹ずつ仕留める事にした。皆で一斉に前に跳び出した。三匹のキュクロープスが気付いて、戦闘態勢に入る。身長五メートルの巨人が戦闘態勢になると迫力がある。だが、これくらいでオタオタしないほどの経験は積んでいる。俺は『ハイブレード』の間合いに飛び込むとセブンスハイブレードを放った。音速を超えたD粒子の刃が一番左端の巨人に叩き込まれる。肩から袈裟懸けに入った刃が、胸の奥まで届き心臓を切り裂いてトドメを刺した。

由香里がセブンスサンダーアローを放ち、真ん中の巨人に命中させる。落雷のような轟音が響き巨人の全身がピクピクと痙攣。その巨人に向かって天音がセブンスハイブレードを叩き込んだ。その一撃が致命傷となる。

千佳が走り出して最後に残ったキュクロープスの太腿にセブンスハイブレードを放つ。巨人の右足が切り飛ばされた。バランスを崩して倒れた巨人にアリサがトドメのセブンスハイブレードを発動。巨大なD粒子の刃が巨人の首を刎ねた。鮮やかな戦いぶりだ。

天音が目を輝かせて振り返る。

「どうです、あたしたちの生活魔法は？」

「見事だったよ。一生懸命に練習したのが分かる」

アリサたちが嬉しそうな顔をする。俺は由香里に顔を向けた。

「今日は修業じゃなくて本番なんだから、攻撃魔法を使ってもいいんだぞ」

由香里が複雑な表情を浮かべる。

「そうなんですけど、ここのところ生活魔法の練習ばかりしていたので、咄嗟の時に生活魔法が出ちゃうんです」

これは問題ありだけど、ここまで来ると生活魔法の魔法レベルを『9』にまで上げて、『ウィング』や『カタパルト』を習得してから、攻撃魔法を伸ばす方が良いかもしれない。生活魔法もできる攻撃魔法使いというのは、新しい戦闘スタイルとして由香里の強みになるだろう。

魔石を回収して、他の巨人が集まってくる前に十八層へ下りた。


ここはムサネズミの出る峡谷エリアである。ムサネズミの相手はせずに『ウィング』で下まで飛んだ。十九層に下りると岩山・氷エリアである。防寒着を着てから、スノーレオパルトやホワイトボアと戦いつつ階段を探し始める。二時間ほど探し、岩山の後ろで階段を発見。階段を下りて見えた光景は広々とした草原だった。

「グリム先生、どうしますか?」

アリサたちを見ると、疲れたような顔をしている。

「ここで野営して、オークキングとの戦いは明日にしよう」

「分かりました」

俺たちはテントを張る作業を始めた。俺は一人用の小さなテントで、アリサたちは四人用の大きなテントである。ワイワイ言いながら楽しそうにテントを組み立てている。アリサたちがテントを張っている間に、少し離れた場所に簡易トイレを設置した。ダンジョン用として冒険者ギルドが開発したものだ。それから購入した魔物探知装置を設置する。これで魔物が近付けば警報がなるだろう。しかし、初めてダンジョンで試すのだから、見張り番は必要だ。

夕食は弁当屋の弁当である。ダンジョン内で焚き火をすると魔物が寄って来ると言われているので、ダンジョン内で料理する事は推奨されていない。但し、寒いエリアで野営する時は、仕方ないとされている。ただ例外もある。中ボスの居ない中ボス部屋などはセーフティゾーンなので、料理も大丈夫である。食事を終えてアリサたちを先に寝かせた。

明日のオークキング戦では、アリサたちがメインで戦う事になるので、早めに寝かせたのである。俺はコーヒーを飲みながら、オークキングを倒した後の事を考えた。二十層のオークキングを倒したら、次の目標は三十層のファイアドレイクになる。これは噂なのだが、チームでファイアドレイクを倒せば、C級冒険者への昇級試験を受ける資格を得られるらしい。

「チームか。今更チームを組むのもな」

ちなみに、評論家の田島が言っていたC級の昇級試験の課題がソロでブルーオーガを倒すというのは、簡単すぎると評判で、その課題でC級になれた者は運が良いのか悪いのか議論になっている。ブルーオーガを倒せても、上級ダンジョンでは通用しなかった者が多かったようだ。

そんな事を考えているうちに、六時間が経過した。俺は由香里と天音を起こし、自分のテントで寝た。四時間ほどは寝られるはずだ。

「先生、起きてください」

アリサに起こされた。ぼーっとしながら上半身を起こして目をこする。眠り足りない感じがするが、立ち上がってテントの外に出た。マジックポーチから水を出して顔を洗う。朝食を食べ、支度をしてからテントを片付ける。魔物探知装置も回収する。一度も警報が鳴らなかったので、魔物は近付かなかったようだ。草原を見渡すと遠くの丘の上に神殿のようなものが見える。そこに中ボス部屋があり、オークキングが居るらしい。神殿に向かって進むと、オークナイトと遭遇する。それを倒しながら進み、神殿のある丘の麓(ふもと)に到着した。

「オークキングが居るのは、神殿なんですね。資料に書いてあった通りですけど、オークキング城みたいなものはないんですかね」

天音が言う。由香里も頷(うなず)いていた。実を言うと冒険者ギルドの資料室で二十層について読むまでは、俺もオークキング城があると思っていた。

「オークジェネラルが居るらしいから、気を引き締めていこう」

俺たちは神殿の門から中に入る。大きな石柱で支えられた神殿は、ギリシャ建築を思わせるような建物だった。通路の角を曲がった時、オークナイトが襲い掛かってきた。俺は腰に差している黒意杖を一挙動で抜いて、振り抜くと同時にクイントブレードを発動させて切り捨てた。居合術のような動きで放ったクイントブレードに、千佳が目を見開いた。

「それは居合ですか？」

「使っている武器が刀じゃないから、居合ではないけど、動きを真似てみた」

『ブレード』のような魔法を発動する時、発動する位置、振り下ろす角度などを決めなくてはならない。それを決める方法は二つ。魔法がどういう動きをするかイメージを固めてから発動する。もう一つは身体の動きに合わせて決定し発動するというものだ。今の居合モドキは、後者のやり方である。千佳もそういう発動方法を優先する事が多いので、興味を持ったようだ。

神殿を調べ回った俺たちは、遭遇したオークナイトを倒して大きな部屋に入った。祈りを捧げる場所だったようで、祭壇を見詰めるオークジェネラルの姿があった。それを見たアリサたちの顔が強張った。強敵だと感じたのだろう。

オークジェネラルが俺たちに気付いて振り返る。その口元がニッと笑う。この魔物は戦う事が好きなのだと感じた。俺たちはオークジェネラルを取り囲むように半円状に散開する。由香里を除いた四人が『センシングゾーン』と『オートシールド』を発動。

天音が小手調べとしてセブンスジャベリンを放ち、それをオークジェネラルが大剣で払った。

千佳が跳び込んでセブンスブレードを放つ。この部屋は天井の高さが六メートルほどしかなく、真上から振り下ろすような『ハイブレード』は使えなかったのだ。オークジェネラルが大剣で受け止めた。だが、完全に受け止められた訳ではない。オークジェネラルは後ろに撥ね飛ばされる。

それに追い打ちを掛けたのはアリサだった。空中に居るオークジェネラルにセブンスプッシュを叩き付ける。オークジェネラルの背中が部屋の壁に叩き付けられ跳ね返る。チャンスだと思った天音が、セブンスサンダーアローを発動。強力な電気を帯びた矢が凶悪な顔をした魔物に向かって飛ぶ。オークジェネラルが地面を転がって、天音の攻撃を避けた。そのまま起き上がると由香里に向かって跳躍する。凄まじい跳躍だった。剣の間合いに跳び込んだオークジェネラルが由香里に向かって大剣を振り上げた。

「任せろ！」

俺が叫び、由香里の前に跳び込むと五重起動の『プロテクシールド』を発動する。大剣がD粒子堅牢シールドにぶつかり鈍い音を立てた。その瞬間、アリサ、天音、千佳の三人がセブンスプッシュをオークジェネラルに叩き込んでいた。同時に三発の攻撃を食らった魔物は回転しながら宙を飛び、壁にぶつかって血を吐き出した。防御力が高いと言われる魔導装備のスケイルアーマーでも吸収できない攻撃力だったらしい。

俺の後ろに居た由香里が跳び出して、足を狙ってセブンスサンダーアローを放った。魔導装備に守られていない足に命中した由香里の攻撃は、オークジェネラルの全身に大電流を流し込む。オークジェネラルが絶叫する。そして、大剣を一番近い位置に居たアリサに向かって投げた。アリサは四重起動の『プロテクシールド』を発動する。回転しながら飛来した大剣は、シールドに当たって跳ね返された。

「離れて！」

千佳が叫び、横殴りの『ハイブレード』を発動した。上から振り下ろすのがダメなら、部屋の広さを利用して薙ぎ払うようなセブンスハイブレードを繰り出したのである。壁に貼り付いているオークジェネラルに音速を超えたD粒子の刃が食い込んだ。その衝撃で背後の壁にヒビが走る。由香里が『プロミネンスノヴァ』を発動する。高熱の炎の塊がオークジェネラルを包み込んで焼く。それがトドメとなった。

オークジェネラルの姿がバラバラに分解し、消える。その後には、魔石と黒いものが残された。俺は由香里を守るために『プロテクシールド』を一回使っただけで終わった。アリサたちに経験を積ませるために戦いを譲ったのだが、あっさりと勝ってしまったので拍子抜けする。もう少し苦戦するかと思っていたのだ。

「グリム先生は、こいつを一人で倒したんですよね。凄いな」

「いや、皆も凄かったぞ」

「グリム先生、ありがとうございます」

由香里が深々と頭を下げ、礼を言った。

「余計なお世話だったかもしれないけど、ああいう攻撃は予想以上に強力な事があるからな。それよりドロップ品を確認しよう」

俺たちはオークジェネラルが残したドロップ品を確認した。黒魔石〈小〉と俺が装備している黒鱗鎧と同じものだった。アリサが黒鱗鎧を拾い上げた。

「この中で一番防御力に不安がある由香里が、これを装備するのがいいかも」

「でも、防刃マントもあたしが装備してるのに」

「オークキングの攻撃だと、防刃マントなんて紙装備と同じよ」

アリサは黒鱗鎧を由香里に渡した。由香里が装備しているスティールリザードの革製鎧より、黒鱗鎧の方が防御力は上である。由香里が着替えると変な声を上げた。

「ひゃっ！」

天音が首を傾げて、どうしたのか尋ねる。

「黒鱗鎧を装備したら、頭の中にスイッチが浮かび上がったのよ。グリム先生はいつも、このスイッチで制御しているんですか？」

「そうだ。慣れると簡単だから試してみるといい」

由香里はスイッチのオン、オフを試しているようだ。

「それじゃあ、少し休んでから、オークキングと対決する事にしよう」

床に座ってそれぞれが好きな飲物を飲み、一息ついた。この部屋はオークナイトが入って来ないらしい。

「オークグの居る部屋は、ここより天井が高いでしょうか？」

千佳は『ハイブレード』が使い難かった事を気にしているようだ。

「オークキングが居る聖堂は、大きなドーム状の空間らしいから、『ハイブレード』も問題なく使えると思う」

千佳が安心したように微笑んで頷いた。


「よし、行こう」

俺たちはオークキングの居る聖堂へ向かった。聖堂への道は、この部屋の奥にある扉から入れるらしい。

奥の扉を開き通路に出る。その通路の先には白い扉があった。あれが聖堂の入り口のようだ。扉の前で事前に発動しておいた方がいい魔法を使い、それから扉を開けた。誰かが背中を押したような感じで聖堂に移動すると、扉が閉まりロックが掛かったようだ。俺は聖堂の中を見渡した。直径五十メートルほどのドーム状の空間の中に、身長二メートル半、黄金の鎧を装備したオークキングが立っていた。

その手には三つに分かれた穂先を持つ大槍がある。トライデントと呼ばれる魔導武器だ。そ

の全身からオーク族の王と呼ばれるだけのオーラというか、存在感が放たれている。そのオークキングがギョロリと俺を睨んでから、トライデントを突き出した。俺は慌てて七重起動の『プロテクシールド』を発動する。

オークキングの槍から撃ち出された魔力砲弾が、七重起動の『プロテクシールド』で生み出されたD粒子堅牢シールドに命中し力比べを始める。そして、D粒子堅牢シールドが魔力砲弾を弾き返した。

「よし、予定通りだ」

予想した通り魔力砲弾を防ぐ事ができたので、俺は思わず声を上げた。反対にオークキングは驚いていた。オークキングがもう一度魔力砲弾を撃ち出そうとした時、由香里のセブンスサンダーアローが魔物の胸に命中した。大電流を流し込もうとするが、オークキングが装備している鎧が力を発揮して撥ね返す。

千佳が真上からセブンスハイブレードを振り下ろした。オークキングは槍を両手で持って掲げ、槍の柄でD粒子の刃を受け止める。ガキッという鈍い音がして、セブンスハイブレードが止められた。音速を超えた事で発生した衝撃波がオークキングを襲ったが、それは鎧の力で防がれた。その時、オークキングが顔を伏せるようにしているので違和感を覚える。

あの槍は何で出来ているんだ？　そんな疑問が湧いて出るほど、トライデントは頑丈なようだった。それにセブンスハイブレードの威力を受け止めるだけのパワーを持つオークキングは手強い相手だと改めて思う。オークキングが千佳を狙って魔力砲弾を撃ち出す。千佳は七重起動の『プロテクシールド』を発動して防いだ。オークキングが顔を歪め、もう一度魔力砲弾を撃ち出す。

その魔力砲弾もD粒子堅牢シールドによって防がれたが、シールドが点滅を始めた。アリサが薙ぎ払うようなセブンスハイブレードを横からオークキングに打ち込んだ。千佳に注意を向けていたオークキングは槍で受け止める事ができず、D粒子の刃がオークキングの胴体を直撃。魔導装備の鎧が、その衝撃を受け止めた。次の瞬間、お返しとばかりにアリサに向かって魔力砲弾が放たれた。七重起動の『プロテクシールド』を発動して防御したアリサだったが、悔しげな顔をする。

それを見ていた天音がセブンスヒートシェルの準備を始めた。銅リングを投入したところで、オークキングに気付かれて魔力砲弾を撃ち込まれる。天音は慌てて七重起動の『プロテクシールド』を発動。御蔭でセブンスヒートシェルは不発に終わった。あの槍は本当に厄介だ。それに魔導装備の鎧も話以上に性能が良いようだ。俺は手を出そうか迷ったが、アリサから頼まれたのはオークキングを倒す方法を教えてくれというものだ。倒すのを手伝ってくれというものではなかったので、もうしばらく見守る事にした。

「魔力砲弾は五発。チャンスはもう二発の魔力砲弾を撃った後だ」

俺が声を上げると皆が声を上げて応えた。声を上げた事で、オークキングの敵意が俺に向けられた。槍を構えた獣人の王が凄い迫力で走り寄ってきた。予想以上に動きが速い。俺に向かって素早く槍を突き出す。その槍を躱(かわ)した俺は、クイントオーガプッシュをオークキングの顔に叩き付けて後ろに跳んだ。鎧の防御力は顔には及んでいなかったらしく、オークキングの顔に傷が刻まれ血塗(ちまみ)れとなる。

　それを見た由香里が、オークキングの顔に向かってセブンスサンダーアローを放った。オークキングは慌てて跳び退き両腕で顔をカバーする。由香里の攻撃を防いだオークキングは、凄まじい咆哮(ほうこう)を上げた。それを浴びた俺たちは、身体がピクッと反応する。その反応を見たオークキングが、俺に向かって魔力砲弾を二発連続で放った。

　俺は七重起動の『プロテクシールド』を発動。その瞬間、オークキングが俺に向かって飛び込んできた。オークキングも槍の弱点を心得ている。七発撃った後に三秒だけだが、撃てない時間があるので接近戦に持ち込んで、アリサたちの攻撃を封じようと考えたのだ。

　二発の魔力砲弾がD粒子堅牢シールドに激突。そのシールドの横から突っ込んできたオークキングが槍を振り回す。俺をリーダーだと思ったオークキングは、俺から倒そうと考えたようだ。セブンスヒートシェルを撃つチャンスだったのだが、俺とオークキングが接近戦をしているので、アリサたちは撃てない。必死で躱して距離を取る。俺を追撃しようとしたオークキングに千佳、アリサ、天音のセブンスハイブレードが襲い掛かる。オークキングの肩、背中、脇腹に命中した三発のセブンスハイブレードの攻撃力は、魔導装備の鎧が持つ防御力を超えた。

オークキングは弾き飛ばされ、聖堂の壁に叩き付けられた。オークジェネラルなら血を吐き出すほどのダメージを負うのだが、オークキングは平気な顔で立ち上がる。

「この化け物は、タフすぎます」

天音が呆れたように言う。

「あの鎧が、ほとんどのダメージを吸収しているのよ。何とかしないと」

アリサが眉間にシワを寄せて考える。オークキングは一番近くに居た千佳に襲い掛かった。オークキングが振り回す槍を躱した千佳は、セブンスプッシュをオークキングの顔に叩き込む。顔面に一撃を受けたオークキングは仰け反る。その背中に向かって、天音がセブンスハイブレードを叩き込んだ。その攻撃を鎧の力が弾き返す。

「皆、セブンスプッシュでオークキングの顔を狙って！」

アリサの叫びが聖堂に響いた。俺、千佳、由香里、天音のセブンスプッシュが次々に、オークキングの顔を目掛けて撃ち込まれる。オークキングは顔を防御しながら逃げ回った。その間にアリサはセブンスヒートシェルの準備をしていた。天音のセブンスプッシュを避けたオークキングに向かって、D粒子シェルが撃ち出される。

オークキングはD粒子シェルに気付いたはずだ。だが、その狙いが胸だったからだろう。避けようとしないというミスを犯した。胸に命中したD粒子シェルがメタルジェットを噴き出し、爆発する。爆炎と爆風が収まった時、オークキングは片膝を突いて、口から血を流していた。

アリサたちの顔に喜びが浮かび上がる。だが、喜ぶには早かった。突然、立ち上がったオークキングがアリサに向かって飛び掛かった。

油断していたアリサは、対応が遅れる。俺はアリサの前に飛び込んで、セブンスオーガプッシュを放つ。回転するオーガプレートは、オークキングの胸に命中して、その巨体を宙に舞わせた。どうやらセブンスヒートシェルの一撃で、魔導装備の鎧が機能を停止したらしい。千佳、天音、アリサがクワッドカタパルトを使いオークキングに向かって身体を投げ上げた。

空中に投げ出されたアリサたちは、セブンスハイブレードをオークキングに叩き込む。三つのD粒子の刃がオークキングに食い込んだ。機能停止した鎧は切り裂かれ、オークキングの肉体もズタズタとなる。それがトドメとなった。その時、俺の内部でドクンという音がした。魔法レベルが『14』になったのだ。

アリサたちも誇らしそうな顔をしている。魔法レベルが上がったのだろう。

「おめでとう。とうとうオークキングを倒したな」

「ありがとうございます。グリム先生の御蔭です」

アリサが目を潤ませて礼を言った。天音がアリサの肩を抱いて一緒に喜んでいる。

アリサたちはしばらく喜び合っていた。

「そのくらいにして、ボスドロップを確かめよう」

「はい」

俺たちはオークキングが消えた壁際に向かった。そこには黒魔石〈中〉が落ちていた。そして、別に二つのものが落ちているのを見付ける。その一つは布袋だった。その布袋の中を確認すると五個の指輪が入っていた。アリサに『アイテム・アナライズ』で調べてもらうと『俊敏の指輪』だと分かる。

「これも魔導装備だよね。高いのかな？」

天音がアリサに尋ねた。

「『俊敏の指輪』は、それほど高くはないけど、冒険者にとっては有用だと言われているよ」

この指輪は素早さを二割だけ高める効果しかない。だが、その二割は実戦において大きいらしい。人数分あるので、皆に配った。そして、最後に拾い上げたのは、Ｄ粒子収集器だった。

「これって、先生が持っているものと同じものですよね？」

「ああ、Ｄ粒子収集器だな。使い方は前に説明しただろ」

皆が頷いた。実際に使って見せた時に千佳が一番興味を持っていた。

「これを換金して分けるのは勿体ないと思うんですけど、どうしたらいいと思います？」

アリサが皆に聞いた。

「卒業までには時間があるんだから、皆で使ったらいい」

俺が言うと、皆が顔を見合わせた。

「でも、それだとグリム先生が……」

「今回の戦いでは、皆がメインで戦ったから、俺の取り分は気にしなくていい」

と言っても黒魔石〈中〉は、かなりの高額になる。皆で分配しても大きな収入になるはずだ。

俺たちは戻る事にした。早く帰らないと遅くなる。

◆◆◇◇◆◆◇◇◆◆

オークキングを倒してから数日後、やっと再始動する気になった。ファイアドレイクの討伐（とうばつ）を目指して、動き始めたのである。冒険者ギルドの資料室でファイアドレイクの情報を調べてみると、とんでもない化け物だという事が分かった。この化け物を倒すために、攻撃魔法では専用の魔法が創（つく）られたそうだ。創ったのは、攻撃魔法使いの賢者（けんじゃ）でロイドという人物だ。すでに亡くなっているが、ドレイク種を倒すために『ドレイクアタック』という攻撃魔法を創ったというのは有名な話らしい。そして、『ドレイクアタック』が習得可能になる魔法レベルは『15』である。

ちなみに『デスショット』や『ソードフォース』では、ファイアドレイクを倒せなかったようだ。ファイアドレイクの防御力は凄いらしい。それに炎のブレスをどうやって防ぐかというのも課題である。

「急ぐ必要はない。ゆっくりと着実に強くなればいいんだ」

冒険者ギルドでの調査を終わらせて、マンションに戻る。ソファーに座ってボーッとしていると、魔法レベルが『14』になった事を思い出した。魔導書の新しい生活魔法を習得できるな。今のうちに習得しておくか。

マジックポーチから魔導書を取り出した。テーブルの上に広げて魔法レベルが『14』で習得できる生活魔法の魔法陣を見詰める。俺は半日ほどで新しい生活魔法を習得した。その魔法は『チェーンソー』と呼ばれるもので、木を切り倒すための魔法だった。これは本当に電動ノコギリと同じような魔法だった。鋼鉄の刃の代わりにD粒子で形成された刃が回転して木を切断するものだ。

「残念ながら、リーチが一メートルくらいしかないのか。武器としては使い難いな」

この魔法は魔物との戦いには不向きのようだ。まあ、本来の生活魔法として使えば良いだろう。その日はちょっとガッカリして寝た。


次の日、試してみようと思っている事があり、リビングのソファーに座って賢者システムを立ち上げた。D粒子一次変異の新しい特性を創り出そうと思ったのだ。今まで一つしか特性を創らなかったのは、その機能を使うと、賢者システムに脳を制御され、強制的に複雑な計算をさせられるからだ。その時の苦痛は非常に激しく、二度とやりたくないと思わせるようなものだった。だが、今の俺には『痛覚低減の指輪』がある。その指輪を指に嵌めてから、賢者システムの特性を追加する機能を使った。

その機能が発動した瞬間、賢者システムが俺の脳を乗っ取り、脳細胞を使って複雑な計算を始める。頭痛を感じたが、以前ほどの激痛ではない。我慢できるほどに低減されている。そのまま数分間耐える。

「終わった。『痛覚低減の指輪』作戦は成功だ」

賢者システムを確認すると、付加できる特性に〈冷却〉が追加されていた。早速、この特性を組み込んだ魔法を創り始めた。俺は元になる魔法として『パイルショット』を選んだ。Ｄ粒子二次変異の〈貫穿〉の特性が付加されたものに、新たにＤ粒子一次変異の〈冷却〉を追加する。

生活魔法は複数の特性を付加できるが、Ｄ粒子一次変異の特性だけを二つという事はできず、Ｄ粒子一次変異の特性を一つ、Ｄ粒子二次変異の特性を一つというように付加しなければならない。今回創った生活魔法には、Ｄ粒子一次変異の〈冷却〉とＤ粒子二次変異の〈貫穿〉が付加された。試してみようと思い、水月ダンジョンへ向かう。

二層の森林エリアで大木が茂っている場所へ行った。大木に向かって新しい魔法を発動してみる。勢いよく撃ち出されたＤ粒子パイルは、木の幹に十五センチほど突き刺さり、冷却の機能を発揮する。命中した場所の周囲十センチほどが霜が降りたように白くなった。Ｄ粒子パイルが消えた後に、白くなった部分に触れてみると、かなり冷たくなっていた。三重起動で試してみると、簡単に貫通してしまった。

「貫通力が強すぎるのも問題だな」

賢者システムを使って、D粒子パイルが命中した瞬間に終端部分がコスモスの花のように開いてストッパーになるように改造した。もう一度試してみると、ストッパーが開いて大木に突き刺さった状態で冷却機能が発動した。確かめてみると命中した部分が完全に凍っている。どうやら成功したようだ。この魔法が習得できる魔法レベルは『13』である。

俺はこの成功を喜んだ。様々なD粒子一次変異の特性が開発できるようになれば、生活魔法の種類が大幅に増えると思うからだ。但し、賢者システムで開発できる特性はD粒子一次変異だけらしい。D粒子二次変異は、ダンジョンで手に入れるしかない。

この新しい生活魔法を『コールドショット』、D粒子で形成されるものを『D粒子冷却パイル』と呼ぶ事にした。射程は『パイルショット』と同じ二十メートルとなる。威力テストを続ける事にした。クイントコールドショットを大木に向かって放つ。D粒子冷却パイルが木の幹に命中した瞬間、終端部がストッパーとして開く。ところが、貫通力が強すぎてストッパーでは止まらず貫通してしまった。結果として、木の幹が木っ端微塵となり木が倒れた。

「ああっ、木の幹程度の硬さだと五重起動の威力を受け止めきれないのか」

この結果は『コールドショット』の不具合ではないな。取り敢えず、威力テストは合格という事にしよう。俺は賢者システムに『コールドショット』を登録した。

水月ダンジョンから地上に戻り冒険者ギルドへ行った。カウンターの前で鉄心が順番を待っている。

「おっ、聞いたぞ。オークキングを倒したんだって」

鉄心が俺を見付けて声を上げた。俺はカウンターに近付く。

「倒したのは、俺じゃなくて魔法学院の教え子たちですよ」

少し雑談をして、鉄心の知識を借りる事にした。

「水月ダンジョンで、頑丈で大きな魔物というと何になります？」

『コールドショット』を試すための相手を探していたのだ。

「そりゃあ、三十層のファイアドレイクだろう」

「二十層までしか攻略していないのに、三十層は無理ですよ」

「そうだな。だったら二十二層のラフタートルはどうだ？」

「亀の化け物ですか？」

「そうだ。湿原地帯に棲む巨大陸亀だ。二十二層の沼の周囲に居るらしい」

亀なら防御力も高そうだ。『コールドショット』を試す相手としては良いかもしれない。俺は鉄心に礼を言って資料室へ行った。そこで二十一層と二十二層を調べる。二十一層は山岳エリアで、ラッシュゴートという凶暴な山羊(やぎ)の化け物やキラーパンサーという大型の豹(ひょう)が居るようだ。二十二層は巨大陸亀のラフタートルが居る湿原エリアである。資料によると二十二層は、あまり詳細に探索されていないエリアのようだ。

　ラフタートルを倒すには威力のある魔法が必要であり、その魔物が多数居るからだ。魔力を無駄に使うのを嫌う冒険者が、このエリアを嫌うのも納得である。ちなみにラフタートルを倒しても、もらえる経験値みたいなものはオークナイトとあまり変わらないという。

「ダンジョンエラーが起きやすい、という訳でもなく、何かドロップする事もないのか」

『コールドショット』の試しは、有料練習場でコンクリートブロックを相手に……という考えも浮かんだ。だが、コンクリートブロックだと〈冷却〉の機能が働いているのかどうかが分かり難い。まあ、三十層への攻略の一環として行ってみよう。そう思った俺は、準備をした。

　翌日、朝早くに水月ダンジョンへ入って二十層へ向かう。ここの中ボス部屋で一泊してから、二十一層へ下りた。このエリアには三つの山があり、攻略するには山越えのルートしかなかった。俺は『ウィング』を使って、ショートカットする。さすがに全行程を『ウィング』で飛ぶと魔力消費が大きくなるので一番の難所だけを選んで飛んだ。御蔭で階段付近まで短時間で来られた。但し、そこでキラーパンサーと遭遇する。虎ほどの体格をした豹が威嚇(いかく)するように吠(ほ)えながら襲い掛かってきた。

クイントオーガプッシュで迎撃する。回転しながら飛翔したオーガプレートは、キラーパンサーを弾き飛ばす。その威力は防御という枠からはみ出しているが、俺の意識としてはこれも防御の手段である。キラーパンサーがかなり遠くに飛ばされたのを見て、五重起動では強すぎたと思った。

俺は三重、五重、七重の多重起動を多用する。満遍なく練習して四重や六重も使用する方が、魔力を温存するという点からはベストなのだが、そんなに練習する時間はない。それに三重と四重、それに五重と六重は、それほど威力に差がない場合が多いので、自然に奇数の多重起動を多用するようになったのだ。

遠くから怒ったキラーパンサーが凄い勢いで駆け寄ってくる。今度はトリプルオーガプッシュを叩き付けて、勢いを止めるだけにしてから、クイントブレードで切り捨てた。

階段に向かおうとした時、競走馬ほどの大きさがあるラッシュゴートという山羊の魔物とも遭遇。こいつは狙いやすかったのでクイントジャベリンで仕留めた。今度は本当に階段を下りて、二十二層へ入った。沼と川が大きな面積を占めているエリアだ。その足元は泥濘んでいて歩き難い。沼を目指して進む。五分ほど進んだところで、デカイ亀を発見した。ラフタートルも俺に気付いたようだ。こちらに方向転換すると、ドタドタという感じで突進してきた。人が走る速度と同じくらいのスピードが出ている。但し、相手は全長四メートルほどの亀である。その迫力は凄い。

トリプルカタパルトを発動し身体を右斜め上に投げ上げる。空中に放り出された俺は、セブンスジャベリンを放った。だが、ラフタートルの甲羅に命中したD粒子ジャベリンが甲羅を傷付けただけで弾き返される。

「はあっ、こいつには『ジャベリン』が通用しないのか」

俺は『エアバッグ』を使って着地すると、ラフタートルを睨んだ。ラフタートルは俺を一瞬見失ったようだが、すぐに気付いて向きを変える。また突進してくるつもりなのだろう。俺はトリプルコールドショットを試した。D粒子冷却パイルが飛翔しラフタートルの甲羅に命中。その甲羅に二十センチほど刺さって冷却機能が発動した。ラフタートルがピクンと震え、動かなくなった。そして巨体が消える。

冷却効果で内臓が凍結し、息の根が止まったのである。これを確かめるために、もう一匹のラフタートルを探し出し、トリプルパイルショットを撃ち込んだ。同じように二十センチほど突き刺さったが、今度は死なずに突進してきた。もう一度トリプルコールドショットを撃ち込む。すると、ラフタートルが動きを止めて死んだ。

同じ事を何度か実験して、確実に冷却機能が動いているのを確認する。そして、クイントコールドショットも試してみた。ラフタートルの甲羅に突き刺さったD粒子冷却パイルがストッパーで止まり、甲羅に蜘蛛の巣状のヒビが走りボコッと陥没する。五重起動なのに凄まじい威力である。

「実験としては、ここまでか。七重起動を試したら、貫通しそうだもんな」

何匹ものラフタートルを仕留めて二十二層の奥まで来ていた。次の層へ向かう階段とは方向が違うので、ここまで来た冒険者は少ないはずだ。

「ん、あれは？」

そこで桁違い（けたちが）いに大きなラフタートルを発見した。通常のラフタートルは全長四メートルほどだが、そいつは六メートルほどあった。こいつになら、セブンスコールドショットを試せる。

そのラフタートルは、自分の防御力に自信があるらしく堂々としていた。上から見下ろすラフタートルは、俺を踏み潰すつもりらしい。相手の思惑は無視し、俺はトリプルカタパルトを使って垂直に身体を投げ上げた。上空からラフタートルを見下ろしながら、セブンスコールドショットを放つ。D粒子冷却パイルは、甲羅に突き刺さりストッパーが開く。ストッパーもラフタートルの体内に潜り込もうとして、甲羅に大きなヒビを入れる。そして、その凄まじいパワーにより、甲羅がボコッと陥没。その直後に冷却機能を発動した。命中した箇所の近くに心臓や肺があり、それに繋（つな）がる血管が凍り臓器が凍結する。

それだけの傷を負ったラフタートルは血を流していた。だが、その流れ出た血も凍りつく。ラフタートルが藻掻（もが）いた。逃げるためではなく、『エアバッグ』を使って着地した俺を攻撃しようとしているのだ。とは言え、それは最後の足掻（あが）きにすぎず、ラフタートルが消えた。

「こいつはタフだったな。おっ、ドロップしている」

ラフタートルは何もドロップしないと聞いていたけど、例外もあるんだ。そう考えながら、俺は魔石とドロップ品を拾い上げる。魔石はマジックポーチへ仕舞い、ドロップ品を確かめる。それはゴルフボールサイズの金属球と片方だけのメガネレンズのようなものだった。片眼鏡、またはモノクルと呼ばれているものだ。何かの魔道具ではないかと思う。俺は右手に金属球を持ち、そのモノクルを左目に押し当てた。何かの力が働き、左目の上にピタリと固定される。暗視ゴーグルと同じような仕掛けらしい。俺は金属球を見ながら呟いた。

「何だこれは？」

『魔導知能でございます』

俺の身体が驚きでビクッと震える。頭の中に直接声が聞こえたからだ。これは魔道具なのだろう。

「この二つは魔道具なのか？」

『そうです。鑑定モノクルと魔導知能と呼ばれております』

鑑定モノクルという魔道具の存在は聞いた事があった。分析魔法の『アイテム・アナライズ』と同じ機能を備えた魔道具である。『アイテム・アナライズ』を所有していない冒険者には人気の魔道具だった。但し、鑑定モノクルは喋らなかったはずだ。モノクルに文字が浮かび上がって、情報を知らせるものだと聞いている。

「魔導知能とは？」

『ダンジョンになれなかった種子(たね)でございます』

その言葉に俺は混乱した。

「ダンジョンの種子？　お前はダンジョンになるはずだったのか？」

『新しいダンジョンが生まれる時、いくつかの種子が作られます。そして、選ばれた種子だけがダンジョンとなり、他は捨てられるのです』

いやいや、ちょっと待て。ダンジョンを作っているのは誰なんだ？　俺はダンジョンの製作者について尋ねた。

『そんな者は存在しません。これは世界の理(ことわり)なのです』

どういう意味だ？　全く理解できない。詳しい事を尋ねてみたが、詳しくは知らないようだ。魔導知能と言っても、知識量は多くないらしい。ダンジョンになる前に廃棄(はいき)されたからだという。何ができるのかと確認すると、

『この状態では、記憶して助言する事しかできません』

俺は鑑定モノクルを外し、マジックポーチへ仕舞おうとした。すると、魔導知能が鑑定モノクルを付けておいて欲しいという。鑑定モノクルは魔導知能の眼になっているのだと分かった。ゆっくりと考えられる環境が必要だ。俺は地上へ戻ろうと思った。九層の中ボス部屋で一泊してから地上に戻る。

5　オークキング

ダンジョンハウスで着替えてから、冒険者ギルドへ行くと中が騒々しかった。

「おい！　本当なのか！」

「マジだ、マジ」

「大変な事になるぞ」

受付のマリアを捕まえて聞くと、大変な事が起きたと言う。

「渋紙市(しぶかみし)の奈留丘(なるおか)に新しいダンジョンが出来たんです」

駅を挟んで水月ダンジョンの反対側にあるのが奈留丘である。名前の通り小さな丘で住宅地にはならず、公園の一部として自然のまま残されている土地だった。そこにダンジョンが出来たらしい。しかも上級ダンジョンではないかという冒険者が現れた。

「中に入った者が居るんですか？」

「ええ、Ｃ級冒険者の石橋(いしばし)さんが中に入って確かめました」

「本当に上級ダンジョン？」

「石橋さんも一層を探索しただけなので、確実な事は言えません。ですが、リアル型の上級ダンジョンではないかと言われていました」

魔導知能が言っていた話は、本当の事だったようだ。ちょっとワクワクしてきた。新しいダンジョンが発生し、その探索ができるというのは、一生に一度あるかないかの出来事だ。俺はゆっくりと着実に実力をつけてＣ級になり、最終目標であるＡ級冒険者を目指すつもりだった。

だが、急ぐ理由が出来てしまった。一刻も早くファイアドレイクを倒して、C級冒険者の昇級試験を受ける資格を手に入れよう。

水月ダンジョンのファイアドレイクは、幸いな事に倒されていない。三十層の全域がファイアドレイクの棲み家であり、ファイアドレイクが自由に飛び回っているせいで仕留めるのが難しいのだ。ファイアドレイクを仕留めるには、空中を飛び回る魔物に攻撃を当て地上に叩き落とす必要がある。

魔石を換金してからマンションに帰る。リビングのソファーに座ると、魔導知能と鑑定モノクルを取り出し鑑定モノクルだけをテーブルの上に置いた。魔導知能を左手に握り締めたまま問い掛ける。

「この街に新しいダンジョンが誕生したそうだ。そのダンジョンは、お前と関係があるのか？」

『直接は関係ありませんが、私の仲間だったものでしょう』

「新しい上級ダンジョンか……早く見てみたいな」

渋紙市に新しい上級ダンジョンが誕生した事は、世界的なニュースとなった。この事により大勢の冒険者が渋紙市を訪れるようになるだろう。新しいダンジョンには、新しい発見と膨大(ぼうだい)な宝が隠されているからだ。

グリムが新しい上級ダンジョンの誕生を知る少し前。渋紙市の南北を分割する形で存在する線路の南側にある奈留丘という場所で異変が起きた。渋紙市の構造を説明すると、北側に水月ダンジョンがあり、その近くには繁華街や冒険者ギルドがある。一方、南側は東が閑静な住宅地になっている地域で、西は竹林や公園、畑などが残るような場所だった。その竹林の中に存在する高さ八十メートルほどの丘が、奈留丘と呼ばれている。

ある日の午後、近くに住む尾崎というＤ級冒険者が竹林の中をジョギングしていると、奈留丘の方で何かが爆発したような轟音が響き渡り、空高く砂塵が舞い上がった。

「何だ？」

驚いた尾崎は砂塵が上がっている方向に向けて走り出す。奈留丘まで来た尾崎は丘の下部が崩れ、そこに大きな穴が開いているのを発見した。そして、穴の近くに人が倒れていた。

「大丈夫ですか？」

倒れている人を抱き起こして確認すると尾崎の知人だった。冒険者ギルドの職員で、ドロップ品の鑑定をしている五堂である。

「ううっ」

を失ったらしい。

呻き声を出して五堂が目を覚ました。大きな怪我はないが、爆発の衝撃で撥ね飛ばされて気

「尾崎さん？　何が？」

「分からないが、何かの爆発に巻き込まれたようですよ」

「爆発？」

五堂が立ち上がって穴の方へ視線を向けた。

「この穴は何だろう？」

ふらふらしながら穴に近付いた五堂がよろけた。尾崎は素早く駆け寄って五堂の身体を支えた。元冒険者だったはずだが、引退して長い年月が経っているようで身体に締まりがない。年齢は尾崎より二十歳ほど上だろう。

「危ないですよ」

「済まない。しかし、何が起きて穴が出来たんでしょうね？」

五堂は奈留丘を登るのが日課の散歩コースで、その散歩の途中で爆発に巻き込まれたようだ。

尾崎は五堂から話を聞きながら穴に近付き、用心しながら中を覗き込む。穴の奥にある階段が目に入り、この穴の正体が推測できた。

「あれは……もしかすると、新しいダンジョンが出来たのかもしれません」

突如穴が発生し、その奥に階段があるというのは、ダンジョンしかあり得ないと思った。尾

崎は穴の状態を確認した。出来たばかりだというのにしっかりした造りになっている。とても自然に出来た洞穴（どうけつ）だとは思えない。

穴の大きさは直径が三メートルほどもあり、表面はザラザラした岩で出来ているようだ。

「間違いない。ダンジョンだ。しかし、このダンジョンは中級なのか？」

初級、中級、上級のダンジョンを見分ける基準は、そのダンジョンに棲み着いている魔物の種類と広さである。尾崎はダンジョンの種類を見極めるために調査してみようと考えた。マジックポーチから鎧を出して装備する。

「まさか、ダンジョンに入るつもりですか？」

五堂が尋ねた。その声はしっかりしたものになっているので、だいぶ回復したようだ。

「ええ、どんなダンジョンか確かめてきます」

「それなら、私も冒険者ギルドの職員として一緒に行こう」

二人は階段に近付いて用心しながら下りる。この階段もザラザラした岩である。階段を下りると不思議な光景が目に映る。地下のはずなのに広大な草原が見えたのだ。そして、草原の先には森が見える。

「やっぱりダンジョンだな。それも中級以上は確実だ」

「中級以上だと危険ではないですか？」

「入り口付近を少し調査するだけです。奥へは行きませんよ」

そう言った尾崎が草原へと足を進めた。すると、ゴブリンと遭遇した。ゴブリンはどんなダンジョンにでも存在する可能性がある魔物なので、ゴブリンに遭遇したから中級だとは判断できない。尾崎は『バレット』を発動して魔力弾でゴブリンの額を撃ち抜いた。

「最初の魔物はゴブリンか」

草原に落ちた魔石を拾い上げた尾崎は周りを見回した。左前方の草原に巨木があり、その巨木に光るものが見えた。尾崎たちは巨木に近付いて光るものを確認した。

「これは宝箱」

巨木の幹に開いた穴に宝箱があった。五堂が嬉しそうに宝箱に近付いて手を伸ばす。

「待って。ここが上級ダンジョンなら、宝箱に罠があるかもしれない」

中級ダンジョンの宝箱には、ほとんど罠がない。だが、上級ダンジョンの宝箱に罠が仕掛けられていたという事はあるのだ。但し、宝箱の罠は滅多にないのも事実である。尾崎は罠の有無を調べるためにマジックポーチから棒を取り出し、それを使って宝箱の蓋を開けた。その瞬間、宝箱から針が飛び出して棒にカツッと突き刺さる。

「うわっ！　びっくりした」

五堂が顔を強張らせる。尾崎に止められなければ、間違いなく針は五堂に突き刺さっていた。

「何で罠があると？」

「宝箱にしては、簡単に見付かるところにあったからですよ」

二人が宝箱の中身を確かめると、オーク金貨百枚が入った袋と短剣が入っていた。短剣を抜いて刀身を確かめると複雑な魔法文字が刻まれている。

「これは魔導武器ですよ。短剣でも数千万円になるんじゃないですか」

冒険者ギルドの職員として魔導武器の相場に詳しい五堂が言う。それを聞いた尾崎は目を輝かせた。それと同時に、このダンジョンが上級であると確信した。二人は地上に戻って冒険者ギルドに報告する。

支部長は大急ぎでダンジョンを確認する冒険者チームを呼び寄せ、勝手に入らないように封鎖するために職員を新しいダンジョンの入り口に行かせた。それ以降は渋紙市全体が大騒ぎとなった。

6 タイチの探索

ジービック魔法学院の生徒であるタイチは、生活魔法使いである。先輩である天音(あまね)たちやグリムから生活魔法を学んでいる。そして、学んだ生活魔法を水月(すいげつ)ダンジョンで使って技術を磨いていた。ただソロでダンジョン活動を行っている訳ではない。

休日に仲里(なかざと)と椎名(しいな)という中学時代からの友人とチームを組んで中級ダンジョンに潜っている。魔法学院の授業では別の生徒と組んで活動しているのだが、それが攻撃魔法使いばかりが三人というチームに入ったので、あまり攻撃に参加できない。三人は遠距離から攻撃しようとするので生活魔法使いの出番がほとんどないのだ。

「タイチ、今日はどこで狩りをする?」

仲里が尋ねた。

「二層の森でオーク狩りをしよう」

「いいね。オーク狩りは緊張感があるから、好きなんだよ」

椎名も賛成したので、二層へ行く事に決定した。三人で水月ダンジョンに入り、一層の草原を階段に向かって進む。途中、ゴブリンと遭遇(そうぐう)した。

「最初は、おれに任せてくれ」

仲里が剣を抜いてゴブリンに向かう。仲里と椎名は魔装魔法使いのF級冒険者だ。オークやリザードマンが一匹なら、確実に倒すだけの技量を持っていた。その仲里がゴブリンに向かって剣を振り下ろす。ゴブリンは棍棒(こんぼう)で受け止めた。体格は圧倒的にゴブリンが劣っているが、

筋力は仲里と同等だった。仲里は即座に前蹴りを放ち、ゴブリンを蹴り飛ばす。地面を転がるゴブリンを追撃した仲里は、ゴブリンがふらふらと立ち上がろうとするところを首を刎(は)ねてトドメを刺した。

「お見事」

タイチが褒めると、椎名が首を振る。

「今のは、見事じゃないよ。ゴブリンが相手だったら、一撃で決めなきゃ」

「ゴブリンだって、運の良い奴(やつ)が居るんだよ」

タイチは無意識に千佳(ちか)と仲里の太刀筋(たちすじ)を比べていた。やはり千佳の方が格段に鋭いように感じる。千佳なら確実に一太刀でゴブリンを仕留めていただろう。

「先に行こう」

タイチが促すと、二人は頷(うなず)いて階段へ向かった。草原は場所によって生えている草の種類が違う。膝くらいまでしか大きくならない草もあれば、人間の背丈を超えるほど大きくなる草もある。その背の高い草むらに魔物が潜んでいる事もあるので気を付けなければならない。その時も背の高い草むらの中に突貫羊が潜んでいて、傍(そば)を通ったタイチたちに襲い掛かってきた。

「危ない、避けろ！」

椎名が叫び声を上げる。タイチは反射的に左手を突き出す動作を引き金に三重起動の『プッシュ』を発動していた。掌打(しょうだ)プッシュと呼ばれてる技術である。撃ち出されたD粒子プレートが突貫羊に命中して突進を止めた。それを見た椎名が武器の短槍を構えて踏み込み、槍(やり)の穂先を突貫羊の背中に突き入れる。その突きが突貫羊の心臓を貫いた。

突貫羊が消えて地面に魔石が残ると、椎名が魔石を拾って三人は歩き出した。階段を下りた三人は、二層の景色を見渡す。樫(かし)の木(き)に似た木々が生い茂る広大な森だ。この森にはオークやアタックボアなどの魔物が棲(す)み着(つ)いている。そのオークを狩って倒すと緑魔石〈小〉がドロップする。緑魔石〈小〉は冒険者ギルドで換金すると小遣い程度の金になるので、タイチたちにはありがたかった。

「どっちに行く？」

仲里がタイチと椎名に尋ねた。

「迷路の森に行こうぜ」

椎名が提案した。ここには獣道が迷路のようになっている森があるのだ。運が良ければ迷路の森で宝箱を発見できるという噂(うわさ)がある。

「宝箱探しをしようと言うのか？」

タイチが尋ねると、椎名が頷いた。

「いつまでも鋼の剣と槍じゃダメだと思うんだ。宝箱を見付けてもっといい武器を買いたいんだよ」

「そういう事なら、協力するよ」

6　タイチの探索 

タイチたちは左手の方にある森を目指して進み始めた。目的の迷路の森に到着。ここの森は木の葉っぱが人の手のような形をしており、上空を遮るように覆っている。森の中は少し薄暗いが見えないというほどではなかった。獣道を見付けて進み始めるとオークと遭遇した。ダークグリーンの肌と醜い顔、口からは牙が突き出ている。身長は百八十センチほどで太ったプロレスラーのような体形をしていた。

「今度は、僕が仕留めるよ」

タイチが鋼鉄製のショートソードと呼ばれている剣を持って前に出た。特に剣術を習っている訳ではないので、剣はお守りみたいなものである。タイチの剣を見たオークが目を吊り上げ、棍棒を振り上げて襲ってきた。深呼吸したタイチは、三重起動の『ジャベリン』を発動してD粒子の槍を放つ。その槍はオークの肩に突き刺さり、オークが苦痛の叫び声を上げた。

「グリム先生が言うように、命中率を上げる練習もしないとダメだな」

苦しんでいたオークが吠え、タイチに向かって跳躍する。タイチはトリプルプッシュで迎撃し、D粒子プレートがオークを弾き返すと駆け寄ってトリプルブレードで首を刎ねた。

「あーあ、オークに三つも魔法を使ってしまった」

タイチがガクリと肩を落とす。それを見た仲里と椎名が首を傾げた。

「何を言っているんだ。ちゃんとオークは倒したじゃないか?」

ゴブリンの時は『一撃で』と言っていた椎名も、オークは倒せば良いという判断だ。それだけオークが手強(てごわ)いという事だろう。それからもオークやゴブリンと戦いながら迷路の森を探索したが、宝箱は見付けられずに地上に戻る事になった。

　地上に戻って冒険者ギルドへ行き、回収した魔石を換金する。一日戦って一万と少しの金額がタイチの懐に入った。本当に小遣い程度の収入である。

「あれだけ頑張って戦ったのに、これだけか」

　タイチが愚痴(ぐち)ると仲里が慰(なぐさ)めるように肩を叩(たた)いた。

「もう少し強くなれば、リザードソルジャーを倒せるようになるさ」

　リザードソルジャーは赤魔石〈小〉をドロップするので、効率が良い獲物だと冒険者から言われている。ちなみに、赤魔石〈小〉は冒険者ギルドで数万円で換金される。

「でも、リザードソルジャーは棍棒じゃなく、ロングソードを装備しているんだぞ。打ち合えば鋼の剣じゃすぐにダメになる」

　タイチが指摘すると、仲里と椎名がガクリと肩を落とした。三人が待合室で話をしていると、鉄心(てつしん)チームが入ってきた。鉄心が受付のカウンターにじゃらじゃらと魔石を並べる。青や緑の小さな魔石が多かったが、中には赤魔石〈小〉や緑魔石〈中〉もあった。合計すると三十万円くらいにはなるだろう。それは鉄心一人が回収した魔石らしい。他のメンバーも魔石を換金していた。

「鉄心さん、凄いですね」

「タイチか。これくらいは全然凄くないぞ」

「どうやったら、そんなに強くなれるんです？」

「強いと言ったら、タイチの師匠が強いだろう」

鉄心がタイチの師匠と言っているのは、グリムの事である。

「グリム先生は忙しくて、偶にしか教えてもらえないんですよ。それに天音先輩たちも受験勉強を始めたので、中々教えてもらえないんです」

「遠慮なんかせずに、グリムに教えてもらえばいいんだよ。それでどんな魔物と戦っているんだ？」

「オークです」

「それなら簡単だ。グリムに教えてもらったんだが、オークやオークナイトは雷撃系の魔法に弱いんだ。だから、『サンダーボウル』で攻撃してから『ブレード』で一撃すると簡単に倒せるぞ」

「ありがとうございます」

鉄心が苦笑いして頷いた。

「おれなんかに聞くより、グリムに質問しろ。魔装魔法使いのおれにも教えてくれるんだから、簡単に教えてくれるはずだぞ」

「はい、分かりました」

それからタイチは分からない事があると、冒険者ギルドでグリムを待ち伏せて質問する事にした。すると、グリムが簡単に教えてくれる事が分かった。タイチが悩んでいる事など、重大な問題ではないみたいだ。


それから何日か後、また仲里と椎名、タイチの三人で迷路の森へ向かった。

仲里が自分に気合を入れた。

「今日こそは宝箱を見付けるぞ」

「ところで、オークが雷撃系に弱いというのは本当なのか？」

タイチは頷いた。グリムに確認したのだ。

「オークなら、三重起動の『サンダーボウル』で確実に気絶するらしいよ」

「ふーん、おれも生活魔法を習得しようかな」

そう言った仲里を、椎名が見詰める。

「仲里、生活魔法の才能があったのか？」

「聞いて驚け、おれの生活魔法の才能は『E』だ」

それを聞いたタイチと椎名は、溜息（ためいき）を漏（も）らす。

「『E』じゃ魔法レベルが『5』までの魔法しか覚えられないじゃないか」

椎名が指摘するように言うと、仲里はニヤッと笑う。

「『サンダーボウル』は、魔法レベルが『4』で覚えられる魔法だと聞いたぞ。才能なんて『E』で十分なんだ」

「その前に、魔装魔法の魔法レベルを上げた方がいいと思うけどな」

タイチが言うと仲里も渋々ながら認めた。仲里と椎名はまだ魔装魔法の魔法レベルが『6』なのだ。魔法学院で学ぶ間に『10』まで上げるのが、プロの冒険者になれる基準だと言われているので、タイチが魔装魔法の魔法レベルを優先して上げろというのは当然の事だった。

「そう言うけど、最近魔法レベルも中々上がらなくなったんだよ」

魔法レベルを上げるには、もう一段強い魔物に狩りの対象を替える必要があるのだ。タイチたちは話し合い、宝箱を見付ける事ができたら新しい武器を揃え、もっと深い層に狩り場を移す事に決めた。

「あれっ、あんな道があったっけ？」

椎名が見覚えのない道を発見した。タイチたちは宝箱に通じる道かもしれないと、ワクワクしながら発見した道を選んだ。しばらく進むとオークと遭遇した。タイチは『サンダーボウル』の効果を確かめたかったので、任せてくれるように二人に頼んだ。

「いいけど、気を付けろよ」

タイチがニコッと笑い返してから前に進み出ると、オークが吠えて走り出す。オークを睨みながら三重起動の『サンダーボウル』を発動し、放電ボウルをオークの胸に撃ち込んだ。すると、オークが全身を震わせた後にパタリと倒れた。

「マジか」

思わず声を上げたタイチは、素早く近付いてオークの心臓に三重起動の『コーンアロー』を叩き込んだ。オークが光の粒となって消える。タイチは残った魔石を回収した。

「凄いじゃないか。鉄心さんの話は本当だったんだな」

仲里が言うと、タイチは頷いた。

「でも、グリム先生に聞いたら、オーク程度だと『サンダーボウル』は要らない、と言っていた」

「どういう意味だ？」

「『コーンアロー』を素早く正確に放てるようになれば、オークなら一撃で倒せるようになるはずだって」

「厳しいな。確かにグリム先生ほどの技術があれば、そうだろうけど」

椎名が愚痴るように言う。タイチたちは宝箱探しを再開し、獣道を進んで突き当たりに到着した。二本の巨木が絡み合うように上へと伸びていた。そして、二本の巨木の根元には穴が開いており、覗き込むと地下通路が見えた。

「この地下通路の奥に、宝箱があるんじゃないか？」

6　タイチの探索

仲里が目を輝かせて言う。タイチと椎名もワクワクしながら頷いた。

「確かめよう」

タイチの言葉で三人は穴に入り地下通路に下りた。慎重に薄暗い地下通路を奥へと進み始める。

「この地下通路は何だと思う？」

椎名が二人に尋ねた。

「さあ、分からないな。タイチはどう思う？」

「お宝の隠し場所に続いているんじゃないか」

椎名がニヤリと笑う。

「タイチもそう思うか。おれもお宝だと思うんだ」

「でも、お宝には危険が付きものだ。魔物とか罠があるかもしれないぞ」

タイチが言うと二人が頷いた。タイチたちは慎重に地下通路を進んだ。そして、八十メートルほど進んだところで部屋のような場所への入り口を見付けた。タイチたちは音を立てずに近寄り、中を覗き込む。すると、大きな部屋の中に八匹のオークが立っている光景が目に入る。

タイチたちは入り口から少し離れた位置まで戻り、話を始めた。

「オークが八匹だ。多すぎる」

椎名の言葉を聞いて仲里が賛同する。

「おれらの実力だと五匹くらいが限度じゃないか。どうする？」

「ここで引き返すのは嫌だな。僕が奇襲を掛けて何匹か倒し、それが上手くいったら総攻撃で全滅させるというのはどう？」

「上手くいかなかったら、どうするんだ？」

椎名が確認した。

「その場合は逃げるしかないな。巨木の穴のところまで戻れば、あそこで一匹ずつ倒せると思う」

地下通路への入り口である巨木の穴は一人しか出入りできない大きさなので、そこなら一対三で戦えると考えたのだ。

「それだったら、初めから誘き寄せて戦えばいいんじゃないのか？」

椎名が反論した。タイチが顔に手を当てて考えた。

「その作戦が失敗したら、もう奇襲は無理だぞ」

オークたちがお宝を守っている存在なら、お宝から遠くまで追って来ないかもしれない。その場合、タイチたちの存在が知られているのだから、奇襲は無理だろう。

「それなら、おれと椎名も奇襲に参加する方がいいんじゃないか？」

それを聞いてタイチが首を振る。

「そうなんだけど、まだ仲間を避けて魔法を連射するというほどの技術がないんだ」

グリムから指導されたように早撃ちと正確に命中させるという技術をもっと練習すれば良かった、とタイチは後悔する。

「それじゃあ仕方ない。奇襲の初撃はタイチに任せ、おれらは奇襲の後に全力で戦う事にする」

仲里の言葉に頷いた椎名がタイチに目を向ける。

「奇襲が成功したかどうかの判断は？」

「生活魔法の連射で、三匹以上を倒せたら奇襲成功だ」

打ち合わせが終わったタイチたちは部屋の入り口まで戻った。そして、タイチが深呼吸して入り口から中に入る。その瞬間、タイチは三重起動の『コーンアロー』をオークたちに向かって連射した。次々に放たれた五発のＤ粒子の矢がオークたちに襲い掛かる。そして、三本の矢がそれぞれのオークを貫いた。

「成功だ」

仲里と椎名は武器を持って部屋の中に飛び込んだ。それからは乱戦となり、タイチは向かって来るオークに三重起動の『サンダーボウル』を放つ。放電ボウルがオークの胸に叩き込まれ、オークが痙攣（けいれん）しながら倒れた。タイチがトドメを刺す前に他のオークが棍棒で襲い掛かる。タイチは棍棒を避けて反射的に掌打プッシュをオークに叩き込んだ。仲里の方を見ると部屋の隅に追い込まれていた。オークの背中に放電ボウルを放つ。

その時になって最初に放電ボウルで倒したオークが起き上がる。タイチは持っている剣を突き出し、オークの腹を刺した。それでトドメを刺す事ができなかった。オークは腹に剣を刺したまま暴れ、タイチから剣をもぎ取って地面をのたうち回る。

素手になったタイチは、周りを見回す。掌打プッシュを叩き込んだオークが起き上がって吠えた。魔力が尽きようとしているのを感じたタイチは一歩二歩と下がる。起き上がったオークがタイチに襲い掛かろうとした時、その背後から仲里が剣を突き刺した。貫通した剣の切っ先がオークの胸から生え、オークは光の粒となって消える。

「ありがとう、助かった」

「さっきのお返しだから、礼なんていいよ」

オークは残り一匹となり、椎名が戦っていた。椎名はオーク一匹に集中できるようになり、優勢になっている。次の瞬間、オークの胸に短槍の穂先を突き刺してトドメを刺した。

「お見事」

タイチが声を上げた。それを聞いた椎名が溜息を漏らす。

「全然お見事じゃないよ。他にオークが居た時は集中できずに仕留められなかった」

「仕方ないよ。おれらはまだ弱いんだ」

「だけど、タイチは奇襲で三匹倒し、乱戦になってからも二匹仕留めている」

「椎名たちも『トリプルスピード』を使い熟せるようになれば、オークなんて雑魚扱いできるんじゃないか」

「それはそうなんだけど、『トリプルスピード』を使い熟す前に武術の腕を磨く方が先だと思う。どの武術流派もある程度の技術に達しないと、ハイスピード戦闘術は教えてくれないんだ」

ハイスピード戦闘術というのは高速戦闘術とも呼ばれており、魔装魔法などで素早さを数倍に上げた時の戦い方を体系化した戦闘術である。

「そうなんだ。知らなかったよ」

「それより宝箱を探そうぜ」

タイチたちは魔石を回収してから宝箱を探した。部屋の中では見付からず、その代わりに入り口とは別の出入り口を見付けた。その出入り口の先には小さな部屋があり、そこに宝箱が置いてあった。

「や、やったー！」

タイチたちは飛び上がって喜んだ。仲里が宝箱に飛び付いて開けようとするのを、タイチが止めた。

「待て、罠がないかチェックするのは、冒険者の基本だぞ」

「そうだった」

中級ダンジョンで罠が仕掛けられている事は滅多(めった)にないのだが、必ずチェックするのが基本である。タイチたちは罠をチェックしてから宝箱の蓋を開けた。タイチたちが中を見ると、布袋と一本の剣、剣鉈のような刃物、それと指輪が入っていた。

「袋の中身は何だろう?」

椎名が布袋を拾い上げて中身を確かめる。

「うわっ、オーク金貨だ。五十枚くらいあるぞ」

それを聞いた仲里とタイチの顔がほころんだ。オーク金貨は一枚が二十万円ほどになると聞いている。五十枚だと一千万円という事になるからだ。平等に分けても一人三百万円以上になる。

「次はショートソードだ。こういうのが欲しかったんだよな」

仲里が鞘からショートソードの黒い剣身を抜いて黒鉄製だと確認した。次にタイチが剣鉈のようなものを取り出した。鞘から抜いてみると、これも黒い刀身だった。

「これも黒鉄製だ。刀身が分厚いから、短刀じゃなくて剣鉈で間違いないみたいだ」

最後の指輪を椎名が拾い上げる。それを見たタイチが注意した。

「間違っても、その指輪を嵌めるなよ。呪いの指輪かもしれないからな」

「分かっているよ。でも、『嵌めるな』と言われると嵌めたくなるもんだな」

タイチと仲里が目を合わせる。

「椎名、絶対に嵌めるんじゃないぞ」

「そうだ。嵌めたらダメだからな」

タイチと仲里が目をキラキラさせ、椎名を見ている。それに気付いた椎名が、眉間にシワを寄せた。

「お前ら……おれがこれを嵌めるのを期待しているんじゃないだろうな」

椎名の言葉でタイチと仲里は目を逸（そ）らした。それから地上に戻り、冒険者ギルドへ行った三人は、指輪を鑑定してもらう。

「『眉毛育成の指輪』です」

「呪いの指輪じゃなかったんだ」

仲里が残念そうに言う。

「いえ、間違いなく呪いの指輪です。眉毛が無制限に長くなる指輪です。たぶん一日で二十センチほど伸びるようです」

タイチは自分の眉毛が二十センチも伸びたらどうなるか想像し、呪いの指輪だと確信した。

タイチたちは話し合い、ショートソードは仲里、剣鉈は短槍に作り変えるという椎名が自分のものにした。その代わりにオーク金貨の取り分でタイチが多くもらう。

その夜、三人はノンアルコールの飲み物で祝杯を上げ、自分たちの幸運を喜んだ。

あとがき

最近になって部屋の整理をしたら、大量の不要品を見付けました。何年も着ていない服や読まなくなった本、古いゲーム機やＤＶＤなどが押し入れの奥に隠れていました。それらをリサイクルできる物とゴミとして出す物に分けるのにも時間が掛かります。

ゴミの出し方さえいろいろと分別しなければならないので面倒になります。もっとシンプルに生きたいと思っているのに、世の中が複雑になっていくような気がしてうんざりです。

主人公の世界もあまりシンプルとは言えません。現在の延長線上にある世界なので、政府、法律、軍、警察、役人などが同じように存在します。但し、デジタル技術やネットワーク技術が消滅してしまった世界という設定です。ただ高度なネットワーク技術の代わりに魔法とダンジョンという存在が新たに加わったので、複雑さはプラスマイナスゼロという感じでしょうか。

魔法というものが本当に存在したら、世界はどんな風に変化するでしょう。洗濯機や冷蔵庫、クーラーなどがあるので、生活はあまり変わらないような気がします。一番の変化は犯罪でしょうか。犯罪に魔法という要素が加わると、その犯罪を立証するのが途轍もなく面倒になりそうです。

階段の上に立っている人物が突然階段を転がり落ちたなら、足を滑らせたのか故意に押されて落ちたのかで、事故か事件に分かれます。落ちた人物が不運にも亡くなった場合、警察は目撃者や監視カメラを探して事故か事件かを判断する事になりますが、そこに魔法という要素が加わったら、恐ろしいほど複雑な事件になるでしょう。

魔物を殺すには強力な魔法が必要になるでしょうが、人間に危害を加える程度なら、ちょっとした魔法で十分です。派手な魔法ではなく、この作品に出て来る『プッシュ』のような背中をちょっと押す程度の魔法で可能になります。

それに比べて強力な魔法を受けても死なないタフな魔物が跋扈するダンジョン。それほど危険なダンジョンを最初に探索した者たちは、自分は特別なので死なないと考えている馬鹿か、政府から命令された軍人になるだろうと考えています。

そういう危険な魔物と戦うために魔法を習得する訳ですが、それは人間の可能性を広げる事にも繋がるという設定です。

話は変わりますが、最近ソロキャンプの動画を見るのに嵌まっています。それほど集中して見ている訳ではなく、小説を書きながら同時にソロキャンプの動画を画面に出しているという感じです。特に雨の日のキャンプ動画では雨音が耳に心地よく、リラックスする事ができるように感じます。

ただキャンプの動画の中には、車に凄い装備を積んでキャンプ場へ行って自宅に居るのと変わらないような状態で過ごすというものもあり、それだと何のためにキャンプへ行くのだろうと疑問に思う事もあります。

自然の中で過ごす点が違うと言われればそうなのですが、自然に対して壁を作っているように感じます。但し、そういうキャンプを否定はしません。楽しければ良いと思っているからです。

人の好みは千差万別、これは好みじゃないと自分が思うものでも、多くのファンを集めているものもあります。それが歌、小説、テレビドラマだったりする訳ですが、その中で自分が気に入っているドラマを酷評している文章を見る事があります。出演者の演技があまり上手くないという点を酷評し、見る価値がないとまで書かれているのを読むと、上から目線だなと感じます。

私もそうですが、謙虚に人から学ぶというのは難しいものです。何の根拠もない自信があったり、自分の間違いを認めるのが恥ずかしいと思うのです。特に若い時は、その傾向が強いように思います。ただ年を取っても頑固になる人も居ます。そんな老人にはなりたくないと思いますが、そういう心のあり方は自覚がない場合が多いようなので注意しなければ、と思う今日この頃です。

ところで、この作品の中ではデジタル技術が消滅したという設定になっていますが、この事

あとがき

により全体の技術が数十年前に戻ってしまった訳ではありません。アナログ技術は過去より進んでいるのです。という事なので、現実世界にある家電製品はほとんど残っています。

但し、スマホやパソコン、コンピューター、インターネットは消滅しています。電話はダイヤル式の黒電話が復活しています。若い人の中には、ダイヤル式の電話は見た事もないという人が居るかもしれません。読者の年齢によっては懐かしく感じたり、新鮮に感じたりするでしょう。

取り留めがない話になってしまいました。

最後に本書を読まれた方々に感謝します。ありがとうございました。

二〇二三年八月二十八日

月汰元（つきたげん）

ありがとうございます

生活魔法使いの下剋上 3

2023年10月30日　初版発行

著　者　月汰元
イラスト　himesuz
発行者　山下直久
発　行　株式会社KADOKAWA
〒102-8177 東京都千代田区富士見2-13-3
電話 0570-002-301（ナビダイヤル）

編集企画　ファミ通文庫編集部

デザイン　横山券露央、小野寺菜緒（ビーワークス）
写植・製版　株式会社オノ・エーワン
印　刷　TOPPAN株式会社
製　本　TOPPAN株式会社

●お問い合わせ
https://www.kadokawa.co.jp/（「お問い合わせ」へお進みください）
※内容によっては、お答えできない場合があります。
※サポートは日本国内のみとさせていただきます。
※Japanese text only

ISBN978-4-04-737733-2 C0093　　定価はカバーに表示してあります。

科学よ、これが理不尽ファンタジーだ!!!!!

腹ペコ要塞は異世界で大戦艦が作りたい

[Author]
てんてんこ

[Illustrator] 葉賀ユイ